GAEA

Gaea

THE UNIQUE LEGEND
vol. 05
特殊傳說 III
護玄──著

特殊傳說III vol.05

目錄

特殊傳說 III

THE UNIQUE LEGEND

人物介紹

Atlantis學院

姓名：褚冥漾（漾漾）
種族：妖師
班級：高中三年級C部
個性：平時有些被動，但堅毅善良。對各種事物很常在腦內吐槽。
喜好：好吃的食物
身分：凡斯先天力量繼承者

姓名：颯彌亞．伊沐洛．巴瑟蘭（冰炎）
種族：精靈、獸王族混血
班級：大學一年級A部
個性：凶暴、謹慎。
喜好：書、睡
身分：黑袍、冰牙族三王子獨子

其他

姓名：米納斯妲利亞
種族：？
個性：冷靜睿智，在守護主人上極具耐心與溫柔。
喜好：教化另一個幻武兵器
身分：褚冥漾的幻武兵器之一

姓名：希克斯洛利西（魔龍）
種族：妖魔
個性：直爽嘴賤，喜歡有趣的人事物。
喜好：？
身分：褚冥漾的幻武兵器之一

姓名：雪野千冬歲
種族：人類
班級：高中三年級C部
個性：有點自傲，只對自己承認的人友善。
喜好：書、朋友、哥哥
身分：情報班

姓名：萊恩．史凱爾
種族：人類
班級：高中三年級C部
個性：性格沉穩，日常瑣事上很隨意。
喜好：飯糰、飯糰、飯糰
身分：白袍

姓名：藥師寺夏碎
種族：人類
班級：大學一年級A部
個性：溫柔鄰家大哥哥，但其實個性淡泊，不太喜歡與人深交。
喜好：養小亭、研究術法與茶水點心
身分：紫袍

姓名：西瑞．羅耶伊亞（五色雞頭）
種族：獸王族
班級：高中三年級C部
個性：爽朗、自我中心，一根筋通到底。
喜好：打架、各種鄉土戲劇與影片
身分：殺手一族

姓名：米可蕥（喵喵）
種族：鳳凰族
班級：高中三年級C部
個性：善良體貼，人緣極佳。
喜好：喜歡學長、烹飪、小動物，以及很多朋友。
身分：醫療班

姓名：哈維恩
種族：夜妖精
班級：聯研部 第三年
個性：嚴肅，對忠誠的事物認真負責，厭惡腦殘白色種族。
喜好：術法研究、學習
身分：沉默森林菁英武士

姓名：莉莉亞・辛德森
種族：人類、妖精混血
班級：高中三年級Ｂ部
個性：以家族為傲，些許驕縱，其實相當善良。
喜好：可愛的小飾品
身分：白袍

姓名：殊那律恩
種族：鬼族
個性：安靜少言，偶爾會隨意地捉弄人。
喜好：術法鑽研
身分：獄界鬼王

姓名：深
種族：無
個性：沉穩，堅毅寡言。
喜好：百靈鳥、黑王、毀滅世界
身分：陰影

姓名：式青（色馬）
種族：獨角獸
個性：美人希望是怎樣就怎樣！
喜好：大美人小美人
身分：孤島遺民

姓名：白陵然
種族：妖師
班級：七陵學院大學部三年級
個性：不太隨便與人打交道，只和有興趣的人互動。
喜好：泡茶、茶點
身分：妖師首領、凡斯記憶繼承者

姓名：褚冥玥
種族：妖師
班級：七陵學院附屬假日研修生
個性：冷靜幹練，氣勢強悍。
喜好：逛街、漂亮的飾品
身分：凡斯後天能力繼承者、紫袍巡司

第一話　破裂的封印

「醫療班退開！」

異靈現世帶來的震驚還沒退去，洶湧的黑暗力量煙火般從四面八方炸開，我反射性甩出身上所有能動的小飛碟，壓制住周圍爆起的邪惡氣息。

好幾名正被醫療班治療傷勢的重傷患們身上轉出一圈圈邪氣，這與我們平常使用的黑色力量不同，更像是那種會讓人扭曲成鬼族的黑暗毒素。意識到這件事的同時，我馬上轉變術法，直接調出黑王教過的吸引陣法，把魔龍貯存在小飛碟裡的力量反向釋出，轉出偌大的黑色漩渦，試圖將那些邪氣全部牽引過來。

「弱雞！別！」魔龍喝了聲，想阻止我調動邪氣。

「不行，這樣下去他們會變鬼族。」我把米納斯強制收回，全身轉成純粹的黑色力量，那些邪氣果然像嗅到肥肉的惡犬，原本想襲擊醫療班的步伐紛紛一頓，拐彎直接朝我這邊撲來。

「要死也不要拖著本尊死！」大概被我這種不自量力的做法給搞怒了，但魔龍又無可奈何，只能朝那些小飛碟張開手，原本正在團團轉的小飛碟群突然煞住，周邊畫出血紅色的光圈，數條血線甩出與同伴相互對連，眨眼便勾勒出極大的深色陣法。

哈維恩見狀立刻站到我身邊，協助我穩固腳下的黑色陣法，很快與魔龍弄出來的深色法陣傳出低沉的共鳴聲響。

大片邪氣這下衝得更快了，整團整團撞進兩個陣法之間，瞬間的衝擊力太過巨大，我當場飆出鼻血，接著喉嚨裡也跟著冒出一股血腥味，旁邊的夜妖精同樣沒有好到哪裡去，血絲從嘴角流下。

這時候我居然還有心思稍作反省，我覺得哈維恩這輩子最常爆血的時刻大概是從跟在我身邊開始，沉默森林的夜妖精如果知道他們家的菁英武士經常遭受無薪虐待，不知道會不會集體撲過來把我五馬分屍。

醫療班們也沒有浪費這短暫的時間，很快地一波人退了下去，換上黑白混血或是做好準備可以抵禦邪惡的治療師上來，千冬歲的金色火焰化成細雨般降落在各處，在邪氣出現的同時快速竄過去隔開它們與人們的距離，逼得邪氣只能往我們這邊衝來。

強烈的劇痛中我可以感受到有很多人釋出黑暗術法幫我們分攤壓力，不過就位在正中心的我還是有種快要被碎屍萬段的感覺。

很痛、超痛、無敵痛。

可是不能停手。

「停手吧。」

就在我一臉血崀的快要被扯斷手的時候，兩個黑色流金陣法在我前方兩側打開，是遠端移動陣，模糊視線裡出現的一雙背影既熟悉又令人安心。

無縫接過我手上的陣法控制權，比我強大不知幾百倍的黑暗自天空下壓，當場把漫天飛舞的邪氣強行捲進陣法內。

像在院中散步般踩著空氣，一腳踏入半空中的魔龍法陣，白陵然淡淡地掃了眼皺眉的魔龍，表情無溫地直接把深色法陣控制權也收進自己手上。

意外地，魔龍竟然沒有靠杯幾句，反而不知道在咕噥什麼，支使小飛碟配合妖師首領的動作，加速收納快要流竄整個醫療班總部的邪氣。

「你們兩個先去旁邊休息。」褚冥玥揉揉我的腦袋，示意夜妖精把我帶開，接著帶領陸續從移動陣裡走出的妖師族人，各自默契地散開、落在某個定位點。

公會各袍級與醫療班沒有任何質疑，可以移動傷患的便很快帶著他們撤離，無法移動的，就由高階袍級原地鞏固守護術法。

我被哈維恩灌藥後意識清晰不少，就看著白陵然威風凜凜地站在高處，俯瞰著幾乎已被他集中起來的烏黑邪氣，一圈圈屬於妖師一族的特殊術法陣散置在每個族人的站立處，開始對大量邪氣進行壓縮。

在整片黑色氣息被揉捏到一個程度後，地面陡然裂開條縫，深處散發出讓人窒息的可怕氣息。

白陵然像是隨手一揮，整團邪氣被投入地縫裡，接著地縫重新閉合起來，整個過程看似非常輕鬆，不過才剛接受過衝擊的我知道這完全不容易。

所以說那些害怕我背叛族長的人到底在想什麼啊，光是這一手，怎麼看我都是會被妖師族長踩在地上暴揍的那個啊！

「你們應該感到慶幸，妖師一族的力量目前還壓得過異靈的邪惡氣息。」白陵然淡漠地開口，隨後從魔龍的陣法上走下來，深色法陣在他踏離的同時灰飛煙滅，幾乎快把天空壓垮的黑暗氣息也完全散去，再度露出清爽的藍天白雲。

看著白陵然和我姊，雖然很想問他們爲什麼會來得這麼及時，然而眼下時間點不對，已經有幾名資深黑袍迎上前進行交涉，我只好先收回魔龍，由哈維恩扶著走到旁側。正好千冬歲等人往我們這邊走來，金火撤回，那些差點被侵蝕的傷者和醫療班都沒事。

這時我才有時間去思考那些穿著打扮不同的傷患們。

狩人？

阿斯利安的部族嗎？

「還有人在那……」距離我們比較近的一名狩人邊吐著血，邊抓住身邊輔長的手臂，痛到表情都扭曲猙獰了依然努力吐出求救話語：「族人……公會……」

「北方狩人族嗎？」辨識了傷者的衣飾，學長走過來，與一旁的夏碎交換了個眼神。

「阿斯利安的部落嗎？」我擦掉嘴邊的血漬發問，學長他們的幻武剛進場維修，他們身上也都還有銀滴的問題，顯然不是出戰的好時機。

「不，是同源部族。」夏碎搖搖頭。

「喂喂，你們幾個都別想亂來，公會馬上就有人過去了。」輔長邊把傷患按回治療陣法上邊開口。

「去送死嗎？」冥玥跟著白陵然往我們這邊走來，微微挑起眉，「『那個』是重柳族吧。」她的視線落在地面那血肉模糊的肉泥上，最後一絲殘留的白色氣息在這瞬間煙消雲散，只剩下死亡腐朽的氣味。

雖然我只看過一次重柳族消亡，但我隱約有種怪異的感覺，這個血肉模糊的重柳族死法不太正常……應該說留下這些肉泥不對勁，至於是哪裡不對也說不上來。

倒是一邊的學長皺眉走過去，蹲在地上低聲唸出一段禱文，幾灘令人不忍卒睹的肉泥下出現一圈圈純淨的精靈術法，很快就把那些開始泛黑污染的碎肉泥蒸發成一縷輕煙，被微風吹散在庭院裡。

啊，這下就正常多了。

「說送死恕我們無法苟同。」

一名帶著沉穩氣息的高大黑袍走來，厚重的力量感有點像先前在孤島救援的前線戰鬥黑袍，應該是這次事件代表公會統整發言的人。「雖然是異靈，但公會亦有應對方法，這點對於同為紫袍的褚小姐來說，不是早知道的事情嗎。」

「不不，我的意思是，公會雖有應對方式，但已有部分前線袍級前往孤島，又有些人還在任務未歸，按現在可調動的袍級，與異靈正面對上多少也必須送點人頭，那不如正式委託妖師一族出手。」褚冥玥露出有點危險的笑容，彎起眼睛說道：「畢竟，不是展開合作了嗎。」

黑袍沉默了幾秒。

所以果然是會送頭的嗎？

我轉向一邊沒開口的白陵然，後者還是一副高深莫測的樣子，倒是跟在一旁的上班族大哥微微朝我點了個頭，大概是表示冥玥說的沒錯。

看來他們一開始就打算來幫忙，才會是這種菁英雲集的陣容，只是他們是怎麼發現出事、來得這麼剛好？

「不過應該已經出發了吧。」冥玥環顧四周，我下意識跟著扭頭，果然周邊比起剛剛抵禦異靈時少了些袍級，留下來的都是參與救治的人。

「……那麼公會正式委託各位。」黑袍大概是得到什麼指示，突然點點頭，將一組座標交給冥玥，相當乾脆，不再拖沓。「公會的戰鬥袍級剛到達現場，我會與第二批援兵立即跟上，就勞煩幾位先走一步。」

冥玥回過頭，飛速地與白陵然交換一眼，妖師一族所有成員腳下迅速畫出黑色陣法。

「等等，我也一起去！」抓著哈維恩，我三兩步趕到冥玥旁邊，她並沒有阻止我，術法把我們兩個一起含括在內。

「褚！」學長開口。

「沒事呢，有我們在，會發生什麼。」冥玥淡漠地笑了聲，發動的陣法把學長和其他也想跟上來的人隔開在外。

看著千冬歲他們同樣一言難盡的表情逐漸消失在景物扭曲的術法陣外，我突然驚覺太過輕易地被帶上路了，不論妖師一族是不是在趕時間，又或者我在族長身邊可以完全發揮力量，他們就這樣讓我直接跟上戰場實在有點奇怪。

「有什麼疑問，晚點說，立即準備好迎戰狀態。」白陵然淡淡地開口，他和冥玥站得較近，所以兩人共用了轉移術法，這時隱約有點擔憂地說：「雖然你也該逐漸習慣接觸這些事情，但還是不要離我們太遠。」

他的語氣相當嚴肅，我本來還有點萎靡的精神立刻一振，與哈維恩快速翻出身上最好的藥物呑食，轉移時間很短，我既然選擇跟上，就得在這眨眼時間裡恢復到最佳狀態。

幸虧上次事件結束後有在醫療班逗留，所以多了準備的空檔，讓我們兩個身上重新塞滿不少靈符、藥品之類的消耗品，至少紅藍條恢復藥可以嗑個十幾次不是問題；負責採購的夜妖精近期經歷連串大冒險，讓他在輔助用品的選擇上多了些考量，效果快、後遺症小便是其中一項選擇。

就是錢包破了很大的洞。

撇開扁掉的錢包不講，效果是真的快，至少在周圍重新出現景色時，我們兩個差不多都回滿八分血了。

我突然有點理解學長有時候愛亂嗑藥的行爲，如果他的藥物都是這種高級秒回類，那眞的會讓人用藥上癮。

然而那種行爲還是不可取。

痛完嗑藥再繼續痛什麼的，超級M。

景色完全清晰的同時，妖師一族所有人幾乎瞬間有所動作。距離我們最近的白陵然率先彈出個壓迫力十足的術法陣，眨眼裏出範圍不小的陣地領域，接著其他人紛紛釋出各種守護與探測術法，一切行動瞬息完成，似乎已配合過上千遍，不用開口就可以各司其職。

不知道第幾次感歎妖師一族的動作，我把視線放到周邊環境——放眼望去一片焦土。雖然沒有見過這裡原先的樣子，但如果是狩人居住地，那麼多半是原野或森林一類廣闊並富含生機的土地，而在我們面前的黑色土地別說是荒野，連一根枯死的草都沒有，只剩下滿布的邪氣與幽森的紫黑色火焰，再來就是一些還沒被腐蝕完的斷肢殘骨了。

即便不用說明，都可以推測早先這片土地曾遭到多麼慘烈的滅殺。

沿著焦土遠望，很快看見了一段距離外同樣出現光陣，也是個陣地結界，看樣子是早一步到達的公會隊伍，結界殼上有很清晰的公會紋路，周邊有好幾個運轉中的淨化術法，很吃力地正在努力清洗被污染的土地。

沒有看見異靈，看來那玩意追著轉移術法到醫療班被回擊後又跑路了，如果它沒有潛藏起來，搞不好不久就會聽見其他地方傳來災情。

「開始排除邪氣。」白陵然對周圍族人下了簡單的指令，接著朝我看了眼：「你們和我過來。」

我和哈維恩立刻跟上冥玥與白陵然的腳步，踏出陣地結界的妖師族長彷彿身上自帶什麼威嚇，總之那些在地上捲來捲去的邪氣硬是不敢靠近，反而還往外排開、自動清路，莫名給人有種被帶著走星光大道的錯覺。

公會袍級大概也接到通知，沒有阻攔我們踏進結界，很輕鬆地放行，但沒想到隊伍裡居然有熟面孔，還是那種熟到讓人詫異的熟。

「伯爵、尼羅？」我是眞的沒想到會在這裡見到他們，不是說公會的前線袍級嗎？我記得蘭德爾只是學生袍級吧，就連每次都衝在前面、彷彿他自己是前線袍級的學長，也都只被歸類在學生袍級裡面。

欸等等，其實尼羅根本不算是公會的人啊！

「異靈出現，公會中除了前線袍級，黑色種族會優先接到徵調。」尼羅露出淡淡的微笑，大概是看我過度吃驚，人很好地先幫我解答。

……所以說爲什麼你會出現在這裡。

你家伯爵才是公會黑色種族啊！別一臉你好像是公會的黑色種族才出現在這裡的表情啊！

總之尼羅並沒有解釋爲什麼他會詭異地出現在這個地方，因爲這時候帶隊的黑袍已經朝白陵然打招呼，兩位領頭人客氣地交換情報，我們當然不能白目地聊天。

接著我就瞥到哈維恩露出一種奇妙的表情打量著尼羅……這又是什麼反應？

夜妖精馬上就收回視線。

從公會黑袍那邊得知，這片曾是荒野的焦土以前是古戰場，多年來發生過幾次知名戰役，也封印了不少東西，後來因爲過度破壞、城市荒廢與生命凋零，逐漸變成了荒原，許久後由狩人們進駐守護，順便看管封印，不讓一些手賤的冒險者解封。

「這裡有異靈封印嗎？」白陵然微微挑起眉。

「不，就公會記錄，並沒有。」黑袍搖頭，「我正要去當時被攻擊的封印處，狩人們發出求救時他們的同族袍級藉由狩人獨有的部落連結先到達救援，現在與另一名黑袍依舊在極力鎭壓封印，或許能請您協助。」

聽見同族袍級時，我默默有種不太吉利的預感，連眼皮都跟著跳了好幾下。

狩人袍級什麼的，最知名的我就認識兩個，除非公會裡還有其他狩人袍級。

帶著我們加快腳步，黑袍隊長又快速提了幾句。

大致上是狩人們雖然很注意荒野上的各種古戰場封印，但還是防不住某些腦殘的冒險者繞開他們的監視偷偷行動，如同每年各地都有人去捅龍穴然後被龍一火焰噴死，致使龍族憤怒地向白色種族提出抗議，表示冒險者長期以來騷擾民宅、騷擾婦孺、騷擾龍蛋，對廣大龍族造成生命與財產極大的威脅……等等種種惡行，然而入侵龍穴的行為依舊層出不窮。

這隊賤手冒險者們揭開封條時首當其衝被吸成骨灰，晚一步到達的狩人部族只來得及用最快的速度鎮壓封印，沒想到異靈這時平空出現，對整個狩人部族進行毀滅性攻擊，幸好附近的公會人員與他們的同族很快就來援助，差不多時間到來的重柳族協助公會成員，在異靈壓倒性的襲擊下勉強打開了轉移術法，盡量把存活的人都帶進醫療班。

後面的事情我們都知道了。

異靈尾隨著術法追來，轉移術法被攻擊得破破爛爛的無法精準運作，但還是把人空投進醫療班，而那名重柳族估計是擋著異靈破壞轉移術法，而直接被撕成碎片。

雖然很想說真希望這些手賤冒險者可以被挫骨揚灰，但事實上他們還真的被揚灰了，於是只能讓活著的人收拾爛攤子。

……

……話說回來，認眞想想的話……

我們也幹過類似的事情呢！

「在這裡。」

黑袍打斷我滿腦懺悔過往黑歷史的思緒，我才剛抬起頭，就感覺到周圍氣氛一變，冰冷肅殺的力量感撲面而來，因沒有造成威脅所以白陵然沒特別再次隔絕，因此更可以感覺到快要凝凍這片區域空氣的滯礙感。

被冒險者揭開封條的封印是個看不見底的半人高洞穴，大概是三、四歲小孩可以直立著走進去的那種高度，洞穴看起來是由黑色巨岩深挖形成，周邊不知道是本來就寸草不生還是遭到異靈攻擊後寸草不生，總之和外面一樣全都是焦土。

洞穴的出入口以兩片木板門擋住，然後是數條朱色手腕粗的繩索封在門外，其中有一條已經斷開，絲縷暗色氣息正從斷裂的部位往外飄出，不過約莫在十公分處就觸礁，被看不見的結界擋住，於是在半空中盤成一團，有越來越大團的跡象。

接著我就看見所謂先行到來的狩人……果然是我認識的狩人，還一次兩個，欸不，應該說是買二送一。

站在黑色洞穴前的是身穿袍服的戴洛和阿斯利安——前陣子已經考上黑袍的阿斯利安現下穿著的是與他哥同色不同款的新袍服，當時他考過後還特別找我們去商店街美食店慶祝一番，卻沒想到這件新袍服會毀壞得如此快。

兩名狩人背對著所有人正向面對洞穴口，一左一右抬手操控鎮壓不明封印物的法術，原本應該要有層層術法守護的袍服已破損得快變成有幾百個窟窿的流行服裝，兩人都是一身血淋淋的狼狽模樣，顯然沒少與異靈惡戰，不過精神看上去還算可以。

相較起來，站在較外面的休狄看起來糟糕許多。

平常外表收拾得很整齊的摔倒王子服飾嚴重破爛不說，右手幾乎整隻斷掉，只剩一層皮連著，高大的妖精王族半跪在地，腦袋半垂著，焦土上是他被蒸到幾近乾涸的偌大血泊痕跡，似乎都要把血流盡的嚴重狀況。

公會立刻有人扶走失去意識的休狄，一名氣勢洶洶的藍袍原地設下醫療陣法，當場快速急救。

戴洛和阿斯利安兩人目光一直緊盯著那團暗色東西，雖然沒有往休狄和我們這邊看，但肉

眼可見，兩人緊繃的身體略微鬆懈了一點點。

「他們兩個都用了燃血術法。」哈維恩低聲說道，打破我本來還有點樂觀的想法，「正在燃燒生命力，釋放高於己身數十倍的力量鎮壓這裡面的東西。」

我靠！

「小玥、阿引。」白陵然開口，跟著我們過來的冥玥和上班族大哥同時往前走，一直到戴洛兩兄弟身後五步遠的位置，兩輪黑色流金術法陣在他們腳下打開，帶起的氣流把那團不明氣體又往回壓了七、八公分左右。

那團東西顯然發現阻礙它的力量變大，貼在門板上吃力扭動著，很快被壓扁變成一大片。公會這邊也出來兩名黑袍，停在冥玥他們後面一點點的位置，打開了白色陣法，把那團東西又往內壓進去更多，幾乎快要逼回木門裡面。

我正想著好像是黑色力量比較有用，要不要請示白陵然自己也去幫忙時，妖師首領散步一樣晃進六人之間形成的窄路，暢行無阻地走到最前面，悠悠哉哉地撿起那條斷開的繩索。

「冥漾你過來。」

「喔好！」我下意識回答後才發現對方真的是在叫我，連忙側著身也走到最前面，偷偷瞄了戴洛兩兄弟，察覺他們的狀態確實沒我想像中地好，生命感已經非常衰竭，幸好在其他人協助分攤之後，他們身上那種要命的衰弱速度緩止許多。

「封魔索。」哈維恩不知何時跟上來的，見白陵然沒有打斷他，夜妖精便左右環顧了幾秒，目光停在岩石左側，那邊有一小片石碑，原本刻了字，但凹凸不平的表面已相當粗糙，文字模糊不清，似乎是被人爲磨掉。「七色力，斷損的是人之繩，執行總封印的是黑色種族。」

……所以提示在哪？

我看著七條完全一模一樣的繩索，滿臉問號。

「用感受的。」白陵然很隨便地就把斷掉的繩子放到我手上，我仔細感覺，雖然很微弱，但七條繩子的力量感果然都不同。

「可以修理嗎？」我看著手上的斷繩，可以發現雖然斷了一條，不過這個封印還在運作，前提是有兩個狩人正燃燒生命擋住破壞，否則七條繩子恐怕在手賤冒險者弄開或異靈攻擊的當下就全斷了。

按照過往經驗，封印破開後恐怕下一秒會從裡面衝個霸王龍之類的東西出來毀滅世界。

阿彌陀佛，我先眞心誠意地禱告不會衝出來。

所以說，冒險者經常造成的破壞比我們這些黑色種族更嚴重吧喂！

去撲殺冒險者啊靠！

「可以，你把人類的力量轉出來，我們一人執一邊，我引導你同時修復。」妖師首領點點頭，很快地他身上的黑暗力量已經全數退去，轉爲人類的感覺，就和我們最初遇見時很像，是那種鄰家大哥哥的友善親切感，就連氣質看起來都溫柔不少。

我連忙也跟著把我身上的黑色力量收回去，轉出白色的部分來。

白陵然轉向哈維恩，對這名持續進化中的夜妖精開口：「你既然懂封魔索原理，那就居中連結。」說著，他看了眼原本要過來的黑袍，「彼此信任會事半功倍。」

黑袍把腳收回去，顯然要把臨場發揮的舞台留給我們。

「是。」哈維恩很愼重地用力一點頭，馬上挪到我們兩人中間。

如果不是因爲當下狀況很不妙，我深沉地認爲我和白陵然一人拿著一根斷掉的紅繩，這畫面活像在什麼剪綵活動。

又或者是某第三類接觸名場面。

咳……想太遠了。

我重新凝神，與白陵然一起徐徐地將白色力量置入繩子裡，眨眼兩處斷裂面便微微發出弱光，光很微弱，即將潰散時被哈維恩用手虛虛地裹住，淡銀色的小陣法在繩索上下張開，把光壓回斷面上。

這時我感覺到斷繩上出現吸引力，很像磁鐵相遇的那種吸引感，幾乎不用花費力氣，斷繩就主動牽引左右斷面接在一起，甚至還傳來一股暖暖的氣流。

修復過程異常順利，順利到很不像真的，繩子自主對接之後，基本上我就只須要把白色力量灌進去就好了，哈維恩全程穩住微光，朱色繩索一點一滴地開始修復，一根根極小的纖維不斷黏貼相接，雖說耗費的時間有點長，但也在半小時後修補出幾乎八成的感人進度。

正想著應該再過個一、二十分鐘就可以收工，變化眨眼瞬起。

壓制在門縫邊的怪異氣體可能發現要被重新封鎖回去，垂死掙扎般瘋狂擴散扭動，竟然就這樣把木門撞出更大的縫口。

說時遲、那時快，一根乾枯扁平的黑色爪子急速衝出木門，硬是凶狠穿透鎮壓術法，霎時來到正中央的哈維恩面前；夜妖精持續連結斷繩，竟分毫不動，眼看爪子就要貫穿他的頭部。

然後也就只有這樣了。

黑爪子的尖端堪堪停在哈維恩的眉心，幾乎要刺穿他的皮膚，不知道什麼時候出現在夜妖精後面的黑袍抓住黑爪，滋滋的腐蝕聲從他的手掌內傳來，混合著燒灼血肉的氣味。

黑袍面色不改地把爪子塞回木門裡，才慢慢地退開。

隱隱能聽見木門後傳來憤怒的低語，試圖想要傳遞給我和白陵然，又或者是附近任何黑色種族，不過在場完全沒人回應那種細細碎碎的低語，公會甚至還把周邊的陣法加固一輪，確保低語不會傳出去，影響到外面正在淨化焦土的其他人。

十五分鐘後，繩索終於順利復原，被哈維恩推回門板前的原位。

「你們兩個後退。」重新轉回黑色種族的白陵然抬抬手，凝視著木門，彷彿在與其後的某種東西對視。「我一接手，就把狩人都帶走。」

話才剛說完，幾個繁複的法陣倏地在妖師族長腳下擴張散開，眨眼覆蓋後面六個人的所有術法圈，強悍的魄力將木門裡還在作怪的聲音壓得一頓，我和哈維恩秒轉頭趁機一左一右把鬆手解開施術的戴洛和阿斯利安扶走。

原先輔助的冥玥兩人則是往前一步，提供族長助力，而兩名公會袍級適時收手，快速退到兩側。

「咳……別離開。」阿斯利安半邊身體掛在我身上，一手摀住不斷咳血的嘴，聲音很微弱地說道：「我不太放心……」

我和哈維恩對望了眼，把兩兄弟扶到一邊正在治療休狄的圈圈裡，醫療班立刻分手出來替他們設置穩固傷勢的治療術法。雖然我看不懂，不過可以感覺到前線醫療班的厲害，戴洛兩人臉色立即好轉許多，即使仍沒辦法動彈。

事實證明白陵然還是很可靠的，層層疊疊的術法弄了一會兒後，那個封印和裡面的東西總算穩定下來。

妖師族長收手之後轉過身，朝所有人眨眨眼。

「先回陣地吧。」

⁂

公會第二批人到達並開始巡邏狩人領地上所有封印時，休狄正好清醒。

「異靈沒有理由攻擊那處封印。」傷重的王子吃力說道。

白陵然朝休狄的方向點點頭，對著領頭的黑袍說：「雖然底下是遠古惡靈，但我不認為有那種令異靈貿然出手的誘惑與風險。」

「還有重柳族。」休狄摀著腹部傷口，似乎是想站起來，但因重傷，一時半刻無法動彈，只能半靠在醫療班的藥箱邊，喘著氣說：「他也說過同樣的話。」

「我觀察了您的術法，確實是公會普通袍級可處理的程度，只要有相應的種族修補。」公會黑袍看著周邊正在清洗的土地，「正加緊排查這片土地上是不是還有隱藏的封印，避免異靈聲東擊西。」

「嗯，我也認爲是這個可能。」白陵然同意對方的想法。

那邊大人在講話，冥玥他們也去幫忙巡視封印和土地的事情了，我暫時沒有得到什麼指令，就往阿斯利安那邊坐過去，他正好結束一個階段的療程，留在陣地結界裡幫忙包紮和輔助的尼羅同樣在一旁。

「話說，爲什麼王子殿下會在這裡啊？」狩人先到達同族我可以理解，不過休狄怎麼會出現？

「我們接到求援時，王子殿下和戴洛在一起，他們完成被指定給黑袍的任務，正要返回，戴洛就把他一併帶過來了。」阿斯利安看了看另端閉著眼睛治療中的戴洛和休狄，說道：「當時異靈出現，他們兩個與同族弟兄們首當其衝擋在最前方，所以傷得最重。後來重柳族與公會其他人把異靈吸引走後，他們又趕來和我一起鎮壓封印。」

原來如此，難怪他們看起來傷勢會比較嚴重。

「話再說回來，爲什麼尼羅也在這裡？」我看向捲著手中繃帶的某管家，蘭德爾和其他袍級去巡視各個封印狀況了，倒是很安心地把人留在這邊。

「我們也是同樣完成公會任務返回時，收到公會訊息，直接轉道而來。」尼羅把捲好的繃帶整整齊齊地放入小藥箱內，溫和回答：「雖然不是前線袍級，不過夜行人種屬於黑色種族，與幾位一樣對邪惡抗性較高。」

也就是說先前從萊恩他們那邊聽來的是真的，公會現在處於任務高峰狀態，而且是必須指定哪些袍級前往處理的，看來世界各地都發生了許多不得了的事，一連串邪惡侵襲果然並不如我知道的那麼簡單，我們雖然夷平了眼前的副本，但還有更多糟糕的事情同步發生中。

總覺得很不舒服。

「異靈應該知道這點。」站在我邊上的哈維恩突然開口。夜妖精微微瞇起眼睛，視線掃過一望無際的殘破大地，「或許應該考慮一點，『它』破壞那個封印是否刻意想吸引黑色種族出手？」

「咦？」說起來我們在醫療班總部時，那個異靈確實把屍塊往我的方向扔，不過當時它也想對鍛靈者出手，加上這些邪惡種族對我們這些妖師老是以挑釁代替打招呼，所以我倒沒有想得太多。

「就它在醫療班刻意屠殺重柳族這點，表示那異靈的力量並不簡單，然而它沒有殺掉三名鎮壓封印的人繼續破壞……這對它來說應該輕而易舉。不好意思，不是我想針對你們，而是你們實力真的沒有那麼強。」哈維恩收回目光，看了眼阿斯利安，繼續說：「這麼一來，它的目標是不是破壞封印就值得懷疑。」

往哈維恩提出的方向一想，的確，如果這裡被邪惡掃蕩了，那公會派出來的就會是抗邪惡體質較高的種族，第一選擇便是公會裡的黑色種族。

不把封印完全破壞掉，還把公會引來，異靈的眞正目的會是什麼？

「雖然如此，還是無法排除它目標在其他封印上的可能。」聽見我們討論的黑袍插入話題，「但就像你們顧慮的一樣，或許異靈也存著想把黑色種族吸引過來的想法，所以公會這邊有安排組合搭檔，會盡量將黑色種族袍級們的風險降到最低。」

「妖師這邊，區區一個異靈尙無法蠱惑我帶來的隊伍。」白陵然平和地接著說。

顯然兩方人馬也考慮到哈維恩提出的顧慮。

……

啊靠等等，如果是哈維恩提出的可能性，那麼那個異靈應該會潛回來才對啊！

我猛地看向白陵然，後者點點頭，看了眼外面不知何時數量多了不少的公會袍級們。

肅殺的氣氛在焦土上蔓延，如清晨霧氣般瀰漫在四面八方，每個人都凝神戒備，繃緊神經地隨時準備應對突發狀況。

難怪白陵然沒有給我新的指令，只讓我們留在陣地結界裡面。

他們也在等異靈潛回來的那個可能性。

就在這時，我突然察覺一股稍微熟悉的氣息，很稀薄，彷彿像是要告知我他的存在般，短短一瞬接觸之後立刻消失無蹤。

「異靈狀況還不明，你們留在陣地結界中別亂跑，若是情況異變或有其他邪惡闖陣地，還得勞煩你們。」黑袍相當客氣地說，並沒有擺出我們戰力不足或扯後腿的神情，讓人覺得很親切。

「若異靈出現或邪惡闖入，我允許你在這段時間內可以動用妖師力量與武力。」白陵然抬手解開我身上幾道束縛。

我瞬間感到身體變得很輕鬆，被壓制的力量湧上，順著周邊環繞幾圈，耳目跟著靈敏不少，被壓抑的情緒也悄然高漲。

與此同時，清晰許多的聽覺聽見了略遠處傳來的聲音——「發現破裂的封印！」

附近幾名袍級瞬間扭頭往聲音來源極速而去。

下一秒，彼端的焦土大地轟然爆炸。

第二話　陷阱

我嗅到血腥氣味。

一名紫袍扛著渾身是血的黑袍瞬間轉移回陣地結界，領首的黑袍和白陵然沒有詢問現況，兩人幾乎同時默契地原地消失，很快就在略遠處感受到他們張開的力量。

「我們一共發現三個古世紀封印破裂，其中有兩個是黑色種族設下的封印。」紫袍將重傷的同僚交給醫療班後看了我一眼，「褚小姐他們已經先行鎮壓兩處，一個是精靈封印，全是異靈擊破，但這三處都刻意被上了一層術法與障眼法，直到我們接近後才整個裂開。」

紫袍身上傷勢不重，我可以感覺到他也是黑色種族的混血，他把人放下後立即又轉回封印處幫忙。

「我們先把傷患轉回醫療班總部。」好不容易穩定住幾個黑袍的傷勢，醫療班盯著意識還很清醒的阿斯利安，我們這才發現戴洛不知什麼時候已經昏睡過去，又或者是被醫療班給弄睡過去。總之，醫療班一臉淡然地開口：「你可以選擇一起回去，或是我送你一程。」

……

這語氣聽似溫和，卻大寫著威脅啊！

阿斯利安同樣感到醫療班針對他的殺氣，愣了兩秒後還是勇敢地搖搖頭，試圖在被打暈之前說出理由：「這裡是狩人土地，雖然遭到破壞，但至少要有個狩人在會比較好……欸等等，而且我可以先向褚學弟借用藥物。」他在醫療班抬起手之前瞬間把我拖下水。

「……？」當個人好嗎？

醫療班都帶著殺氣看向我了喂！

「大地給我的指引，褚身上有能夠暫時支援的藥物，回去我翻倍還給你。」阿斯利安用誠懇的眼神看著我。

不要濫用大地的指引力量啊靠！你們狩人還可以指引自己要用的藥在哪裡是不是啊！

吐槽是這樣吐槽的，但我還是硬著頭皮往哈維恩看，說真的，我連我身上有什麼藥都不清楚，全部都是夜妖精分類打包，我只要看標籤拿出來用就可以了。

哈維恩撇開頭嘖了聲，表情不屑。

後知後覺想起來有前線醫療班，於是我連忙將身上那些藥物拿出來，沒想到醫療班快速掃過一眼後還真的從裡面挑出三個瓶子，有兩瓶是好補學弟之前塞給我的東西，這讓我有點意外，那根參竟然塞了一堆高級藥給我，另外一瓶是哈維恩買回來的，也是個好東西，哈維恩當時在右商店街只找到一瓶，就交給我了，他自己都沒有留。

「你們運氣好，這裡面有高等大氣精靈碎片，可彌補一些他們燃燒生命力的禁術傷害。」醫療班打開哈維恩買回來的那個瓶子，神情有點詫異，大概是意外竟然能買到這種罕見物品。

「你把錢或物都轉給哈維恩就好。」一聽我就覺得夜妖精可能要破產，直接扭頭告知阿斯利安。

「好的。」阿斯利安很乖巧地點頭。

戴洛和休狄被揍暈了，雖然拿到藥，但醫療班是不打算把他們弄醒了，一揮手幾個重傷患都被丟回醫療班總部，藥則是用在阿斯利安身上。畢竟阿斯利安說的也沒錯，這裡是狩人的土地，很可能還有什麼地方會需要他，所以醫療班並沒有特別強硬要把人趕走，只是嚴肅地補充了句：「雖然能暫時醫治你的傷勢，但只是權宜，一確定這裡不需要你了，你就馬上去醫療班總部報到。」

「好的。」狩人繼續乖巧地點頭。

然而我覺得埋藏在他乖巧下的大概就是——只要當下不被揍暈打包丟回去，跟他講什麼他都會說好，轉頭就馬上又跟哈士奇一樣破壞家具。

畢竟這也是個敢輾哥哥的凶殘之人。

前線醫療班可能長久待在戰場，各種智障袍級也看多了，並沒有要求阿斯利安給保證，一巴掌把藥打到狩人臉上，開始做相應治療。

這位醫療班是鳳凰族與綠色妖精的混血，然後還有一點精靈混血，剛聽到時莫名覺得他家族的這些混血有點強，聽說在學生時代本來是紫袍，畢業後轉調去醫療班，專跑前線輔助，當時他就讀我們學院，算起來我們得叫他一聲學長。

打理好阿斯利安，醫療班學長將手邊的藥物整理好，用剩下的三瓶藥遞還給我。陣地結界裡就剩下我們幾個，外面則散著一些還在做土地淨化的公會成員，沒有去修復封印的人則是繼續搜尋還有沒有其他類似的問題封印。

異靈會來嗎？

我們幾個人彼此互看一眼，沒人開口說話。

當時那個異靈敢直撲醫療班總部挑釁，又撕碎一名重柳族，如果不是對自己的實力極度自信，恐怕就是腦袋不太好。

畢竟這麼明顯的陷阱應該是有眼睛的人都可以看得出來吧。

阿斯利安把手放到身側的幻武上。

行吧，可能真的是腦子不好。

我抬起頭，直接與出現在陣地結界外的視線相對。

已知的異靈，最早在原本妖師一族下的百塵那邊出現過，那是百塵鎖還當個人時、與他親妹妹相似的面孔。

至今我還沒搞懂和他談戀愛的到底是哪個。

總之，當時的異靈搞得妖師一族及重柳族天翻地覆，到現在重柳族對我們的敵視還高得驚人，甚至有激進派和獵殺隊伍，一度追殺到妖師差點滅族，直到妖師一族後續幾代首領慢慢帶著殘存的族人隱於市，才苟延殘喘得到了重新發展的機會。

再來就是海上孤島那個異靈，偽裝成大祭司的模樣被封印在島上，前陣子不小心被我們撞上了，目前公會還有一批人鎮守在該處，後續處理我不知道詳情，隱約只曉得異靈應該仍被封在裡頭。

上述兩個例子都可得知異靈具有變換成他人的能力與高度強悍的力量。

我重新把視線聚焦在眼前的這人身上——這是一名穿著狩人衣裝的少女，長相甜美，約莫十四、五歲的樣子，乍看之下完全不會想到這東西幹下不久之前毀滅狩人部族、侵入醫療班總部，並撕碎重柳族這些可怕的事情。

「它」甚至還帶著狩人的力量感，若不是出現在這裡的時間點過於奇妙，平常丟進狩人部

族恐怕不會有任何人懷疑「她」的身分。

與我對上視線的少女咧出一個十足乾淨清澈的微笑，都快讓人錯覺它天真無邪不知世事，連帶著傳來的聲音也純真無比：「你們果然來了。」

這句話，瞬間成立了那個陷阱的猜測。

陣地結界有公會與妖師首領加固過，異靈一時半刻闖不進來。

阿斯利安與醫療班都沒有開口，哈維恩也緊盯著外來者戒備，於是我拍拍膝蓋很乾脆地站起身，環起手看著滿臉笑意的怪異少女。「妳知道這是陷阱吧。」外面已經被圍了一圈又一圈蓄勢待發的公會、妖師成員們，我不相信它沒有注意到，更別提所有人腳下那些開始發動的陣法、術法了。

少女張了張嘴，從那裡面先發出來的是一團我聽不懂的語言，接著才漸漸轉爲通用語：「無所謂，我只是先遣者。我傳遞毀滅的話語，凡屬黑暗者都應與我等同行，踐踏眼前之敵，無論生命或規則都將不再束縛我等，釋放眞正的自由。」

「……聽無妳在講什麼。」我誠懇地反饋我的感想。

異靈大概就業生涯至今沒有碰上我這種回答，沒有說我願意也沒有說滾，一臉無知地望著它，讓少女硬生生停頓了好幾秒，才消化完我的意思。

「妳應該解釋一下起因、經過和未來展望。」阿斯利安還很好心地發揮他的種族天賦，指引對方問題在哪裡。「我學弟本來不是守世界的人，世界歷史比較不好。」

「……」異靈沉默了，可能是在想為什麼它堂堂一個異靈必須解釋世界歷史。

說起來不管是不是守世界的人，我覺得只要是個人，歷史都不一定會很好啊！誰沒事在記成千上萬其他種族的歷史！吃飽太閒膩！

接著異靈直接往結界一搥，莫名惱羞成怒，還把結界壁搥出一大塊裂痕。「信奉者只要跟隨我們就好了！」它在講解歷史和暴力破關兩者間，選擇不用腦袋的那一項。

結界壁發出不安全的破裂聲響，異靈手掌往裂縫處一插，剝橘子皮般一扯一大塊，不過它很快就停手了，眨眼出現的各種兵器與術法環繞在它四周，前線袍級們如臨大敵地看著少女，裡頭甚至包括蘭德爾。

這時一邊的尼羅站起身，從身側端出一把獵槍，微笑著瞄準異靈的腦袋。

同樣是槍系的我這時十分想問該用什麼子彈才可以打異靈，這物種雖然接觸過但不太熟悉，不過這時候顯然不方便問，總之我也端出槍，讓米納斯和魔龍自行選擇子彈填裝。

「異靈琵瑞莎，宣判你們死亡，在場所有人，一個不留。」並不將四周的包圍放在眼裡，少女勾起唇角詭異一笑，抬起手單方面宣布商量破裂。

這就比較新鮮了，我很少遇到一言不合，劈頭就要把妖師或引來的黑色種族直接殺掉的案例。

下秒地面傳來劇烈轟鳴，顯然異靈是眞心要把在場所有人滅掉，土地瞬間裂開，但也引動袍級們預先設下的所有術法，眨眼幾十個大小陣法圈百花綻放般擴散在肉眼可見的焦土上，把原本要從下方衝出的東西狠狠鎮壓回去，甚至還一口氣淨化原先瀰漫的大量邪氣與死亡氣息。

異靈目不斜視地將舉起的手握拳，朝地搥去，幾個陣法圈霎時破碎，同一秒天空捲繞出大量烏雲，邪氣組成的巨矛從雲端掉落，幾百根筆直墜進焦土上的所有生命。

「請幾位後退。」尼羅微瞇起眼睛，直接朝異靈的腦袋開一槍，覆蓋在上方的結界陸續擋下巨矛時，充滿光明力量的子彈也正好沒入異靈額頭，少女的腦袋被帶著往後一仰，脖子發出詭異的骨頭斷裂聲。

尼羅並沒有因此停手，而是繼續第二槍、第三槍連續射擊，直到所有子彈射完爲止，少女的腦袋也差不多沒了，一層金色微光順著稀巴爛的頸子鑽入它的軀體，快速吞噬藏在皮肉下的物體。

「沒想到光明教會居然會把這種東西交給你們啊。」醫療班看著異靈不自然顫抖的軀體，搖搖頭。「可惜，看來對這種遠古生物沒有太大的用處。」

異靈的身體停止抖動，金光從原處被噴飛出去，跟著噴出來的是一大團一大團黑色物質，濃稠如墨，整個向上竄出，然後被重重術法擠壓，數道殺傷力極強的法術射入那個看上去已經沒什麼用處的殘軀及濃稠物質，袍級們默契極好的攻勢把不明物體強壓成籃球般大的一團，四面八方的殺招不間斷地貫穿、分解。

看似公會一面倒地絞殺異靈。

如果這裡眞的只有異靈的話。

我抬起手，狙擊槍的槍口正好抵住突然出現在我們身邊的東西，同時哈維恩與阿斯利安的刀鋒、尼羅重新填裝好的槍口，也都各自擋住數名不速之客。

黑術師。

而且還是老面孔……應該說是氣味熟悉的一群黑術師。

「我正想著裂川王八蛋是不是上次差點被搥扁就嚇到尿失禁不敢出來見人，只敢放一些妖道角亂跑，原來是帶著你們這些王八蛋同盟去尋找下一任合作者了啊。」凝視著逼得很近的黑術師，這讓我想起來上回差點把萊恩綁架成功的混帳也是撕裂空間潛入，果然這些曾經是妖師一族的黑術師力量又變強不少。「看來這異靈是新的贊助商，你們眞是狗改不了吃屎。」

「我們已經不需要你們的力量了。」被我指著腦袋的高大黑術師冷冷笑著，灰白色的眼裡充滿濃烈的狠戾與嘲諷，可能是終於不用和我們講廢話後他感到解脫，整個人變得很張狂。「不服從者死。」

「你怎麼會有我們服從過的錯誤印象。」我對著黑術師扣下扳機，後者瞬閃避開子彈，下秒被米納斯追蹤彈打爆半顆腦袋。「知道你們不會死，但會痛吧。」說著我又連開兩槍，子彈這次選了個刁鑽的角度鑽進獵物的骨頭縫，然後在裡面炸開，短短兩秒內，把開嘲諷的黑術師打得跟漏勺一樣。

周邊幾人也展開戰鬥，讓人比較意外的是旁邊的醫療班居然也揮出長刀，並且身手不輸給外面與襲擊黑術師群開打的黑袍們，三兩下就削斷他對上黑術師的腦袋，接著雙手雙腳，一張人皮完美被攤開，活像現場解剖……喔靠等等，該不會他和九瀾是好朋友吧！這些醫療班怎麼把分解人體這種事情幹得如此順手！

分心看戲的同時，我左手轉出另一把短槍，朝殘廢黑術師身後裂開的空間縫口打了幾發，擊碎對手想要退出去修補身體的捷徑。

眞是不好意思啊，看了幾次這些傢伙的逃命方式，我家哈維恩大總管早就有應對方式，出門前的補給搜刮包括一連串空間術法的符咒，可以直接拿來當轉化兵器或者塡充子彈使用。

就是很貴。

貴死了！

高級特殊符紙連空白的都貴到靠夭。

在我又連續補槍把黑術師打成一團爛泥後，身邊幾人的戰鬥也差不多結束，不知道是這批黑術師很爛還是我們各自成長不少，又或者是族長在附近我可以短暫時間發揮全力壓制敵人，總之好幾個斷肢殘骸被丟到我那團爛泥上面，我抬起手，黑色火焰在指尖燃起，帶著妖師特有的恐怖壓迫彈到正想趁機恢復的肉塊堆上，地獄般的火瞬間瘋狂飆漲成如同晚會營火，把那些屍塊直接燒回老家。

很愛再生不是，讓你們痛死痛死痛死痛死！

我勾起唇，冷笑結束這回合。

公會袍級們將外圍七、八個黑術師一口氣擊退。

異靈已經被壓縮成巴掌大的小小團。

說起來我眞的覺得有點怪，不管是異靈這麼輕易被解決，還是黑術師集團的強度似乎下降很多……這些應該不是錯覺吧！

看著袍級們神色仍非常嚴肅，加上冥玥他們沒有出現，八成還有後續。

收起短槍，我正要使用魔龍的幻武時，旁邊突然遞來幾顆彈珠大小的水晶狀物體。朝我伸出手的尼羅溫和地笑了笑，「這是我們回來時順路去光明教會拿來的小玩具。」

啊，剛剛打異靈的子彈。

我接過小珠子後先道謝，然後和尼羅一樣轉成子彈充填進槍裡。看來果然沒有這麼簡單結束，不知道那些王八東西在搞什麼鬼，都撂狠話了還打得這麼廢物。

「不是他們廢物。」魔龍的聲音從我腦袋裡傳來：「沒發現嗎？你們那首領小子和公會那票小毛頭設下的大結界。」

順著話語我下意識低頭，地上整個花花綠綠的全是術法陣，有白色也有黑色，不過結構倒是彼此交相互補，並沒有出現排斥狀況，反而協力運轉得很順利。然而過度高級的術法陣我看不懂，這種大量組合的我更不理解，於是沉默地轉向哈維恩，提出疑問點。

夜妖精用某種複雜的目光看我，大概屬於有點鄙視又有點無奈嘆息，幸好他現在變得比較佛系，沒有口出惡言噴我毒液，認真地開口解釋：「四日戰爭後，七陵學院與公會、Atlantis學院協力開發出許多共生術法，我也參與了其中幾項，當中就有這個針對黑術師開發的大型陣地結界，需要黑色種族與白色種族共構，發動時可有效搶掠或消除一部分鬼族、黑術師、黑術士的能量。」簡單解釋完，他又補充幾句爲了開發這個陣地結界，他們可是抓了很多鬼族來分解；用白話來講，大致就是辨別出這種生物的ＤＮＡ，專門針對含有這些力量的東西搶奪能量，所以不會影響到不同科的黑色種族。

某部分概念其實是哈維恩提出的，他常看到我用小飛碟去吸人家的黑色力量，就把這概念也提出與其他人參考討論。

「原來如此，難怪公會特別指定黑色種族的袍級。」我恍然大悟，除了抗毒以外，他們把要使用這個大陣的可能性也考慮進去了。

仔細一看，袍級們的腳下果然有不同的小術法圈，正在連結大陣，繼續壓制焦土下面仍然想竄出來的東西。

不過搶走的鬼族能量去了哪裡呢？

「那東西如果有貯存起來，弄點給本尊。」不管是邪惡還是生命力都照吞的魔龍垂涎地開口。

就算有貯存也輪不到我們好嗎，這一看就是會被公會回收啊！他們怎麼可能把核彈交給我們這種隨便就要毀滅世界的存在呢，想太多啊兄弟。

「……給本尊去搶。」

辦不到喔抱歉。

關閉腦袋聊天室，我決定忽視想要煽動我去搶公會東西的傢伙。

上次拿到那個假生命球已經是意外了好嗎，到現在還沒被逮都算是中頭彩的運氣！想從大量前線袍級手裡搶東西，怕是瞬間被他們秒掉。

嘴砲完不到半分鐘，之前在醫療班總部感覺到的那種怪異由遠急速逼近，我和哈維恩立即轉往同個方向，狙擊槍端起瞄準什麼都看不見的虛空，進入射程前周圍的法陣發出好幾個碎裂聲，竟然開始消解。

瞇起眼，在那個怪異感穿過最外層結界那瞬，我和尼羅一起開槍，兩發子彈幾近同時打在看不見的巨大物體上，隨即噴濺出大片大片濃稠的黑色液體，這玩意從正中央轉出了偌大的眼珠，與在醫療班總部看到的一模一樣，帶著古老語言在空氣裡張開幾千百萬個黑色字體，團團把所有人包圍起來。

果然公會現在捕捉的只是異靈的一部分。

我頂著驟然壓下的戾氣壓力，扣動扳機補上第二槍，尼羅也隨後跟上。可惜這波已無法對異靈造成太大影響，子彈甚至飛到一半就被隨處都有的怪異文字擋下，同結界般被高速分解。

見狀，我把魔龍的小飛碟全都丟出去，共生結界明顯擋不住異靈的真身，四面八方飛走的小飛碟快速拉出陣法線並同步吸收那些黑暗文字，但密密麻麻的一時半刻吸不了多少，這些字多到快像黑霧，居然逐漸讓我們看不見五步外的同伴們。

「哈維恩，讀懂這些語言。」抓住差點被衝開的夜妖精，我專注地先下指令，接著把魔龍幻影放出來。

「本尊不想幹白工。」魔龍還記恨我剛剛關他聊天室的舉動，非常幼稚地把腦袋偏往另一邊。

「米納……」

「等等！本尊可以自食其力！」阻止了我呼喚米納斯的動作，魔龍忿忿地指揮起小飛碟轉出一個個精巧的血色術法。很快地便把我們周邊的文字清乾淨，重新看到了原本就在附近的幾個人，阿斯利安等人見狀很快調整位置，紛紛靠到我身邊設下新的結界守護。

「我們似乎都被隔進不同的區域了。」阿斯利安嘗試與焦土對話，微微皺起眉，「雖然公會的人和大地還在，但各自都被切割進相異的空間裡。」

大概就等同被關到不同房間的意思吧。

這異靈不是要全滅我們嗎？還以為走的是一腳踩下來直接變成肉餅的路線，沒想到只是隔開？又要玩什麼把戲？該不會要上演老梗的「壞人死於話多」場面吧？

「啊……」哈維恩突然傳來有點吃驚的聲音，明顯讀懂了四方包夾的古老語言和文字。

「這是掠奪力量的語言。」

……？

不就是剛剛共生術法幹過的事嗎？

所以是你搶我的力量我反搶你的力量？

不如一腳踩死好嗎！我們是防禦保命才要削弱敵方啊大哥！你一個手撕醫療班總部大結界的異靈搶屁搶！

好，我確切明白了這個異靈眞的腦袋不好，還有點一報還一報的反抗心理。

「快！記下來！」魔龍直接指揮哈維恩，「快快快不然要沒了！」

哈維恩一個茫然。

說時遲、那時快，一道黑色流光平空貫穿越來越多的黑暗文字，擊碎反覆重疊的語言，看不見的巨手掐住大顆眼珠子用力捏爆，濺出的液體再次變爲濃稠的液體。

妖師首領面無表情地出現在原本的陣地結界正上方，右手抬起掌心向上，布滿空氣的黑暗文字登時全數碎裂，化爲純粹邪氣，就和我們剛來時一樣，瀰漫在各處。

幾道影子瞬閃出現在快有兩、三間教室那麼大灘的濃稠液體四周，很強迫症地定點站出完美間距，腳下轉出紅色法陣，把液體狀的異靈控制在正中間。就與我稍早感受到的潛伏氣息相同，帶頭的是西穆德，接著是另外五名同樣蓋著斗篷帽、看不見面目的血靈族人。

液體異靈在血靈們與妖師首領的壓制下，活生生被逼出個人形，但不是稍早前的狩人少女模樣，而是好像被潑了強酸似的黑色人形，臉部是深深的五官洞，從嘴部的位置發出咻咻的詭異聲響。

白陵然越過血靈們，筆直走進術法圈裡，右手揮出掐住異靈模糊的臉，緩緩收緊手指，猙獰的五官洞在他掌下快速腐蝕，整個軀體抽搐扭曲，幾乎快要捲成麻花棒，最後在那張臉差不多要被捏爆前，異靈先自行炸開，重新恢復成整團的液體，眨眼消失在原位，只掉落一小塊不明的黑色碎片。

這是被打敗爆出道具還是它的殘骸？

捏起那塊碎片，白陵然露出若有所思的神情，接著與血靈們落下到我們附近。

「逃跑了嗎？」阿斯利安嘆了口氣。

「嗯。」白陵然點點頭，「雖然沒有冀望能一次殺掉，但還是可惜讓它逃了。」

異靈逃走後，空間術法也散得差不多了，其他人再次出現在彼此視線裡，冥玥與其他妖師一族的人也都回來待在周圍。

當然還有再次完全包圍我們的滿滿一大群黑術師、黑術士，黑暗同盟出品。

大寫的頭痛。

※

花了點時間把黑暗同盟的傢伙們打回老家後，原本屬於狩人的焦土大地才真正回歸寂靜。

沒了削弱陣法後，黑術師們的力量果然恢復到常態，不過我們這邊的人並不是吃素的，甚至還有妖師首領壓陣，所以照樣讓他們全體滾走，更別說打到一半時整個大結界又恢復了，繼續執行削弱功能。

不得不說，這個共生陣法眞的很好用。

搞不好以前種族還沒互相仇視時也有很多類似這樣的東西，否則當時怎麼密切合作。

「這麼一來就暫時沒問題了。」架起覆蓋土地的新結界，公會那名黑袍隊長在入夜後對我們說：「後續會有公會輔助隊伍過來接手，至少能恢復八成原有面貌，只是需要一些時間。」

重新代表談判的上班族大哥表示理解，「那麼我們就先行離開。」

「好的。」

那邊正在交接，這邊冥玥對我和哈維恩開口：「你們兩個先和我們回去一趟吧，有事情要告訴你們。」

我本來正在傳訊息給學長和萊恩他們，一聽到我姊的話馬上把「等等回醫療班」改成「要先回妖師本家」，然後傳送出去。

站在一邊的白陵然突然露出淡淡的溫和微笑，說：「辛西亞已經準備好晚餐了，有你愛吃的菜和點心。」

我小小地期待了辛西亞的鹹酥雞，她不太常做肉類料理，然而人家有辦法做出幾乎和鹹酥雞一模一樣味道的素鹹酥雞，上次我回妖師本家時看到然在院子邊發呆邊嗑素版鹹酥雞，跟著吃一次就上癮，加上她自製的調味粉和沾醬，微辣或者酸甜都有夠讚。

等上班族大哥歸隊後，我們腳下再次打開傳送陣法準備回本家。

看著周邊景色逐漸模糊，剛要回頭和哈維恩講兩句話那瞬間，突然有東西闖進來，而且還很不客氣地搭住我的肩膀，我反射性想把這東西打出去才驚見阿斯利安的臉。

「——？」

「欸嘿！」阿斯利安眨眨眼，露出一個可愛的笑容。

——嘿你媽啊！

什麼狀況！

「沒事。」白陵然抬手阻止身邊的護衛族人。

我凝視著阿斯利安，深沉地思考這是不是又一齣袍級逃脫醫療班的八點檔。

就在這死寂的沉默間，陣法把我們帶回妖師本家的前院，從焦土風景轉爲我熟悉的美麗庭院景色。

一到點，我連忙把阿斯利安拉到旁邊。「你怎麼……」

「既然來了，就一起進去用個晚餐吧。」並沒有對阿斯利安突然的舉止產生負面情緒，白陵然反而笑了笑，遣退隊伍其他人讓他們先去別院用餐，很快便只留下相熟的幾人與血靈們。

主建築物的門口，辛西亞已經微笑著站在那邊迎接我們，在得知阿斯利安的狀況後，她很快又進去屋內準備藥物。

確認沒有危險，西穆德讓幾名血靈各自去暗處找地方休息。

「等等。」白陵然喊住正要隱身的血靈們，取出水晶盒遞給其中一人，「盡快恢復力量。」

該名血靈恭恭敬敬地接過盒子，下秒幾人轉身消失在庭院裡，只留下西穆德隨白陵然和我們進屋。

辛西亞最近迷上很多小吃，除了豐盛的晚餐主菜以外，還有七、八種小吃，包括我剛剛心心念念的鹹酥雞在內，竟然連甜不辣和米血都出現了，同樣刷著醬、撒著特製胡椒粉，一踏進餐廳就是滿滿幸福墮落的味道。

秉持著有飯先吃飯的原則，白陵然沒有立刻談正事，讓大家在旁邊的小房間先做過梳洗後就開吃晚餐。跟著來的阿斯利安整個很大方，完全沒有闖陣的抱歉失禮，接受過精靈治療便跟著大吃一頓，並吃了超多外脆內軟的酥香炸甜不辣。

一群人吃吃喝喝完又移到另個庭院，換上個人的點心桌。

於是開始談正事。

「為什麼公會的狩人想踏入妖師領地呢？」白陵然端著茶水，微笑看向阿斯利安。「按照傷勢，你的去向該是醫療班總部，畢竟你身上有黑暗的傷害，不能再留下會加重狀況的新傷。」

「是這樣沒錯，但因為荒野與大地的指引，我認為有必要來訪一趟喔。」阿斯利安同樣捧著茶杯，帶著笑意回應妖師首領的詢問：「尤其是看見你拿走了『那樣東西』。」

白陵然沒有問他是什麼，而是抬起右手，讓我們看見他食指與拇指間掐著的一小塊黑色碎片。如果沒錯，那東西是打爆異靈時掉出來的道具或者殘骸。

我盯著沒有指頭大的小碎片，莫名覺得有點眼熟。

阿斯利安笑了笑，放下茶杯，低頭取出同樣的小小物件，居然也是個黑色碎片，不過比白陵然手上的大了點。

「異靈來襲時，多虧王子的幫忙，我們才來得及阻止它破壞封印。異靈被王子炸開時，從它身體裡掉出這個東西……垂死的荒野突然給予指引，讓我交到取得同樣物品的人手上。」阿斯利安轉動指尖上的小碎塊，感覺不出有什麼特別力量的一小片東西順著動作翻轉。「當時異靈突然暴起想要搶回這個，我馬上遞給保護族人的公會紫袍讓他們帶走，沒想到異靈立刻轉身追上轉移回去的倖存者們，幸好被來援的重柳族攔了一下，那瞬間公會紫袍又把東西暗中傳遞回我的手上，引走異靈。所以，這讓異靈暴起並加速殺害不少人的物體，會是什麼東西呢？」

說著，狩人微微瞇起眼，等待著沉默的妖師首領回答。

其實阿斯利安跟著我們過來是有很大風險的。先不說身上的傷勢及妖師本家的定位問題，他還在出任務就把東西扣押起來轉交給我們，想必回去還要被公會一輪追究和調查吧？

坐在主位的白陵然當然明白這點，他沒有多說什麼，偏過臉對辛西亞點點頭，後者離開眾人所在的廳室，很快捧著個盒子返回。

白陵然接過盒子，淡淡地開口。

「這也是我要冥漾過來一趟的原因。」

第三話　意外的訪客

辛西亞拿來的盒子，看上去相當普通，是個二十公分左右的立方體。

盒子通體木製，外表樸素，乍看下一點也不特別，但進來時帶著一股很舒服的香氣，還帶動周邊氣流使得滿室馨香，由此可知木材本身要很多個零，一般百姓砸一個要賠到脫褲那種。

白陵然動作隨意地打開盒子，露出裡面的東西。

我懷抱著外表樸素內裡可能會藏有巨寶的期待看著蓋子底下的物品——一塊暗紫色的墊布，上面是兩小塊黑色東西，並沒有閃爍鑽石的光芒或是充滿毀天滅地的力量感，不管是墊布或是碎片本身都平凡無奇，甚至比商店街的便宜水晶還不如，用世俗的眼光來看，這些東西放在價值連城的盒子裡都是侮辱盒子。

然而妖師首領應該不可能會無聊到放小垃圾在盒子裡面又拿出來給大家觀賞，再來就是我發現盒子裡的黑色碎片非常眼熟，當下立刻驚覺，這次異靈被打到爆道具的兩枚碎片竟然和這些是同一材質。

「這些是？」我小心翼翼地詢問，看大家神情平淡，該不會全場又只有我一個人什麼都看不出來吧……不應該啊，被黑王和魔龍他們虐這麼久，好歹多多少少可以觀察出什麼吧？被他們這樣的反應一搞，我都突然不確定盒子裡面其中一塊很眼熟的碎塊是不是上次拿回來的幻水魔封印小垃圾了。

為了證明我沒有看錯，我很小幅度地歪過頭去看哈維恩，夜妖精不愧是最近開始對我腦袋和人生通靈的高手，回我一個小小的點頭，表示我沒有看錯。

同時，白陵然也開口了，用在人前不同的溫和視線往我看來：「這可能還得問冥漾了，其實這兩塊都是你送回來的。」

「……幻水魔封印的是我沒錯，但是另外一片不熟。」真心不熟，它就是一臉陌生的碎片。不過仔細一看，這東西的形狀居然隱隱與幻水魔那塊的某部分疑似可以接起來。

同一塊？

「綠海灣。」白陵然又給了個提示。

我一臉問號，綠海灣事件我又沒有挖到這種東西，頂多是事後寄了點土產……咦？等等？綠海灣事件後，我傳回給然的東西裡只有一件內容物不詳、但對方指名要給妖師首領的東西。

當時由疾風轉交的奇達嘉託付的小木盒。

見我想起來了，白陵然這次取出一個已被拆開的木盒，陳舊樸素的小木盒被拆成片狀，仔細一看，竟然和裝碎片的盒子是同一種材質，散發的微弱香氣也差不多。妖師首領拿起最上面那片木板轉到內側給我們看。

小木板上有一串我看不懂的文字，看著很古老、刻上去時可能很倉促，筆畫相當狂野。

「水族文字。」坐在一邊的阿斯利安接過木板，湊到我旁邊讓我一起看，人還很好地替我翻譯：「凡是流有妖師血液者，都必須使其復原。」

「怎麼看起來有點欠債還錢的感覺？」我盯了木板一會兒，說真的不曉得是不是我多心，這木板文字眞的有種類似這樣的氛圍。

「當時寫的人把心情附著上去了。」阿斯利安將木板遞給哈維恩，「能感受到一縷殘存的氣息。」

所以那個寫字的人，用古早以前的水族文字，帶著欠債還錢的心情寫下這段留言？

怎麼那麼確定收到的妖師會懂水族文字啊不知道幾千百年前的大哥大姊！

萬一是我這種眼殘不認識字的收到呢！

啊不對，眞的就是我收到，還好當時奇達嘉有託疾風帶話要我轉交給妖師族……等等！靠啊！奇達嘉這傢伙是不是那時候就覺得我很不可靠，才特別囑咐要交給妖師族長的！

下次見面保證不把他腦袋開成透天！

「後來我有透過人聯繫上相關的兩位，但那位船長表示他也是受人之託，似乎是前一代在冒險時得到的物品，對方對他的長輩有恩，可惜他們一直沒機會遇到與妖師一族相關的勢力，才會拖至現在。」白陵然悠悠地告訴我小木盒的後續。

「這玩意沒有力量感，也看不出來是什麼，然本來打算有時間找古籍研究。」冥玥環著手，半放鬆地靠著椅背，但給我一句讓我整隻豎起來的話：「直到你前陣子把另外一塊送回來，我們突然意識到事情不單純，要知道一個人身邊如果反覆出現屍體，這人不是個死神就是凶手。」

好歹我身邊沒有屢次出現屍體好嗎，況且有好幾種選項，例如那傢伙叫作九瀾或者姓虞好嗎。

咳、扯遠了。

盯著黑色碎片看了半晌，我默默地轉向正在喝茶的阿斯利安，誠懇地對他畫了個十字做出禱告狀：「可以賜我這生命迷途旅人一個啓示嗎？」我現在眞的超迷途，人生三百個分歧點又多了一個。

阿斯利安很配合地伸出食指，往我的腦袋一抵，神態正經地說：「荒野關懷你的靈魂與身心健康，傳遞聖語，人生必有九百迷惑，路徑始於自己的腳下，勇敢踏出去，解答就在未來等著你，神佑旅人。」

「阿門。」我露出頓悟貌。

白陵然微微笑了笑，大概對於我們兩個苦中作樂感到有點好笑，稍稍搖頭後，就把歪到天邊的話題重新帶回來。「總之，這段留言確實指名我們妖師，現在接二連三碎片都出現在冥漾附近，這必定不是巧合。」

「關於這件事。」一直躲在黑暗處裝自閉的西穆德突然發出聲音，血靈出現在哈維恩身邊，畢恭畢敬地朝向白陵然：「返回族裡後，我詢問了副族長有關石室的情報。」

西穆德這次返回血靈居住地詢問石頭和版畫問題，副首領立即使用夢術法與族長簡單交流過，那處神殿確實不知是什麼種族所有，不過關於幻水魔那部分族長倒是有點印象。

就與我們原先知道的差不多，石室是血靈偶然發現，當時發現的血靈也早亡了，後來血靈們把石室當過幾次歇腳處。幻水魔的刻印就是在其中一次製作的，那是距今近數百年前一名血靈與外族合作，任務調查時被白色種族重傷；那時候同行合作的就是幻水魔，兩人藏到石室裡面，幻水魔同樣在白色種族追殺下重傷，請求血靈借個地方讓他把物件封入牆內，未來如果遇到信得過的族人再轉交給對方，把東西封好後幻水魔隨即死亡。

血靈憋著一口氣逃回族裡，把任務報告給族長後也差不多要去世了，只來得及交代幾句幻水魔借地的託付，詳細內容還是族長讀屍體記憶才知道。

不得不說血靈確實沒什麼私人感情，族人一死，同伴立刻就對屍體動用術法解讀，順便把屍體解剖了一輪搜刮可用的殘留訊息，完全沒有正常人會有的尊重死者隱私的概念。

總之，族長還是完成死去血靈的託付，把幻水魔那個封印又做了點僞裝，一般不容易發現，沒想到被我們亂七八糟地弄開。

但說到碎片，族長本人和死掉的血靈完全不知情，他們都只知道幻水魔在裡面塞土塊，還以爲是什麼特殊信物。

數百年來，不知道是幸還是不幸，血靈族長就是沒再遇上什麼可靠的幻水魔，可能妖魔都有點智障，導致那東西就這樣一直封在牆壁至今。

問及要不要通知幻水魔這件事時，血靈族長直接一句：妖師才是黑暗的首領，交給妖師首領等於完成託付了，至於要不要通知幻水魔就由妖師首領來決定。

「？」聽到這結論時，如果不是因爲我知道血靈完全忠心於妖師，我還眞以爲這血靈族長在甩鍋呢！

……

應該不是眞的甩鍋吧……？

異靈爆出的兩片小道具被放進木盒。

四枚碎片擺在一起後，只要不是瞎子都可以看出這些是同一個東西被打碎後的掉落物。

「這些碎片目前看上去平平無奇，但應該只是保護機制被啓動。」白陵然重新把蓋子蓋回去，後來我才知道這盒子用處眞心驚人，它是用一種天生具有防止探查效果的樹木做成，即使是精靈都沒辦法查探到盒內究竟有什麼，當然這還是魔龍事後補充常識時我才知道的。妖師族長把保險箱放在桌上，繼續說：「一般想知道這是什麼只有一種辦法。」

「拼回去嗎？」我有點無言。

「嗯。」白陵然點頭。「只有完全了，才會關閉這種保護機制，眞正展現力量，這就說明東西完整時，恐怕本身非常強大、甚至極度危險。」

啊……

胃痛。

聽起來就是個漫長的拼圖任務。

「我已經讓一些人去尋找這種碎片，但它現在頻繁出現在冥漾附近，我認爲很可能後續會再由你找到。」說著，妖師首領用一種「交給你」的目光向我看來。

「不不不等等，後面是你和阿利學長找到的啊。」如果不是兩位打異靈，它怎麼會掉寶呢對不對。

「但荒野給我的指示是『交到取得同樣物品的人手上』。」阿斯利安似笑非笑地反潑髒水。「現在看來的話，荒野應該是要我交到你手上，因爲你才是『取得同樣物品的人』。」

「等等等等，先別牽拖，一個是族長打到的，一個是人家要我轉交給族長的，怎麼想都是然取得的吧。」我把髒水潑回去。

「所以我現在把任務交到你手上，有機會的話，替我去尋找碎片？」白陵然露出親切和藹的笑容。

……

……

這輩子第一次覺得我表哥笑容如此陰險。

「開玩笑的，我只是認爲按照先前的發展，你很可能會再接觸到類似的物品。」掩著嘴唇，白陵然瞇了下眼睛，很可能是在偷笑，不過他馬上就移開手，重回認眞的表情：「異靈既然帶著這東西，那表示對方也在尋找，萬一眞的不小心碰上，立刻逃就好，不要勉強，我會去收拾它們。」

妥，這個我很擅長！

轉身逃走什麼的最棒了！

「最近情勢不太好，血靈那邊我會讓其他人協助蒐集戰場死氣，盡快全體恢復，西穆德暫時跟著你，不要太欺負他了。」白陵然補上這段。

我看了看哈維恩，又看了看西穆德，突然想在內心大喊。

這是什麼豪華配置，夜妖精各方面來說都快發展成全能了，現在又多了個武力值爆高的戰鬥機器血靈——

我可以帶他去逛遊樂場美食街觀光區電影院夜市打彈珠舔冰淇淋嗎！

培養血靈生活樂趣從人生第二春開始！

不知未來生涯規劃將被改變的血靈報告完畢後又安靜地退回黑暗，把自己藏得一點不露。

「對了，那個異靈怎麼辦？」擦掉腦袋裡的遊樂場，我想想，還是問出比較擔心的事情。

「殺得掉嗎？」

自稱琵瑞莎的異靈看起來來勢洶洶，雖然好像被打退，但我隱隱感覺其實並沒有傷到它太多，而且它還與黑暗同盟合作，按照那些黑暗同盟的反應來看，恐怕異靈在某程度上幫助了裂川王八蛋與黑暗同盟很大一個忙，才會讓黑暗同盟很有自信不再需要妖師的力量。

十之八九治癒了裂川王八蛋上次被黑山君他們重創的傷害，還有其他我們暫時不知道的巨大利益。

「異靈很難殺死，自古以來只要異靈出現就會發生巨大災禍，況且前陣子孤島也出現異靈，這與學弟你們在雪野家遇到的墮龍神危機程度不同，恐怕……」阿斯利安嚴肅地蹙起眉，從神情看來是局勢相當糟糕了。

看著大家神色不太好，就連哈維恩都有點陰沉，我可以感受到可能又是一次世界毀滅的危險逼近。

「雖然很難殺，但也不是不會死，我會與黑王跟進動作，你們遇到不要正面衝突就好。」大概對我們逃跑能力還是有一定的信心，白陵然只再次交代了一下遇事轉頭跑原則，就沒有其他沉重的囑託。

顧慮到阿斯利安的傷勢與以前毒素的舊傷，我最終還是打消在妖師本家休息的想法，揪著還想在這裡賴一晚的狩人，親自把他押送回醫療班總部。

當然，是哈維恩和西穆德幫我抓人的。

「我沒打算跑呀。」阿斯利安有點無辜地看著我，講得他好像眞的不會跑一樣。

不知道是不是錯覺，我老是感到自從我妖師力量升級後，這些以前看起來很厲害的學長們越來越孩子氣了，到底是以前自動對他們加上一層漫畫男主角濾鏡呢，還是他們現在懶得在我面前裝神祕高手呢？

「不開玩笑了，我們回去吧。」阿斯利安正色地說：「看來接下來有相當長一段時間會很忙了。」

想想也是，連續出了兩個異靈，加上黑暗同盟疑似死灰復燃，我不是公會的人都開始覺得蛋痛了，更別說這些高等袍級。

於是我很誠懇地向阿斯利安發問有沒有後悔考黑袍，忙碌程度大概比以前當紫袍多個一百倍之類的。

阿斯利安很感慨地嘆了口氣，無限可惜地開口：「沒辦法啊，不考黑袍，無法正面贏戴洛啊。」

……

……？

你怎麼會有考黑袍就可以正面槓你哥的想法？

這到底是什麼袍級升等動機？

你哥知道你對他的怨念這麼大嗎？

帶著複雜的眼光與心情，我們從妖師本家出發，重新返回醫療班總部。

※

離開妖師本家前，哈維恩先通知過醫療班。

所以在景物轉換之後，我看見好幾個醫療班虎視眈眈地把阿斯利安瞬間撲走，一點也不感到意外。

比較訝異的是尼羅居然在轉移點等待我們。

「伯爵先去回報任務，我有事要告訴你。」尼羅擺出一如往常的微笑，非常專業地說他已經與醫療班溝通過了，安排好治療間，等待我們過去檢查，順便談事。

在妖師本家歇腳時我們已調整過狀態，其實不太需要再檢查，不過想想我還要去問學長他們銀滴的事，到時候肯定也會被抓著健檢一輪，就點頭了。

西穆德到達醫療班的同時又把自己藏起來，可能是白陵然這次直接下達命令要他跟著我，所以不像先前那樣會離開自由活動，往治療間的路上，我可以隱隱感覺到他刻意釋放的連繫，讓我知道他就在附近。

我這次回來的狀態比較好，所以醫療班檢查得也很快，大概因爲還有更多人需要治療，所以沒有被重重刁難，三兩下就放人，直接把治療間空給我們談話。

「雖然無法告知伯爵這次任務的實際內容，但與黑色種族相關。」取出點心盒與茶葉，直接把借用的治療間當茶水間的尼羅，悠悠哉哉地準備起宵夜點心，熟悉的香味很快瀰漫在小空間裡，去除了藥氣。「原世界的黑色種族。」

聽著後面這句強調，我皺起眉。

一直以來我都把異世界的這些種族設定在守世界範圍，直到上次牽連到我的家人，我才終於深切意識到不論是什麼戰爭，都是一體影響，並沒有空間的分別，不安好心的存在們想打就打，縱使再多世界秩序和約定都沒有用。

「眾所皆知，黑暗同盟把戰場連結到原世界後，很多影響開始浮上檯面。」尼羅把點心盤遞給我和哈維恩，夜妖精搖搖頭沒有接下這份好意，繼續盡職地守在一邊。吸血鬼的管家並沒有勸他，而是繼續準備茶水，等著完美的時間點沖泡。「這次我們在原世界擊退了一部分邪教，並非人類那種可笑的詐騙宗教，而是確實被邪惡存在浸染的邪教崇拜，有幾處已開始進行獻祭，把一些被世界合約箝制的邪惡召進世界裡……很多人類統一把這種存在稱爲惡魔或邪神，但不是那種……嗯、一般認知的惡魔。」

「我知道，不是奴勒麗他們那種黑色種族，而是真正的邪惡，例如鬼族、黑術師，包括異靈很可能都是。」我看尼羅似乎想解釋兩者的不同點在哪，便自行補充。說真的，在這裡待那麼久了，我多少知道區別，真正如同奴勒麗他們妖靈界的魔系種族還不一定會危害世界，危害世界的統稱邪惡，不分黑或白。

尼羅點點頭，同意我的說法。

「有人在煽動原世界加快召喚邪惡？」我端著點心盤，即使知道手上的點心美味無比，但這個話題卻讓我反胃，特別是知道邪惡意圖降臨在原世界。試想異靈出現在原世界，像早先殲滅狩人居住地那樣……

後果想都不敢想。

「是的，近期公會在原世界的駐點幾乎都在破壞這些獻祭與宗教，但數量過多，即使聯合了各個本地正派宗教也疲於奔命，更別說這些影響已經滲入某些國家掌權人物上。」尼羅泡好散發高雅淡香的茶水，給我們每人遞了一杯，這次沒有遭到夜妖精的拒絕。「在狩人領地使用的子彈也是這幾次合作時光明教會提供的武器之一，可惜對異靈來說並沒有太大用處。」

說著，尼羅又取出一個精緻的金屬盒，略大，幾乎有我一條手臂長了，打開後可以看見裡面滿滿都是子彈，然後他把長盒小心蓋好交給我。「伯爵要我將這些交給你，光明教會雖然不如精靈族厲害，然而還是有古老的神聖武器製作方式，或許能在其他方面用得上。」

既然是專程要帶給我的，我想了想便道謝收下，雖說打異靈沒用，不過確實有傷害到異靈，可見這些子彈依然有一定的力量。

說起來我記得之前伯爵並沒有和教會處得很好啊，他的住處還被圍剿呢，看來有公會這層關係還是不同，戰時合作就不分種族了，只要抗邪惡的就都是夥伴吧。

「原世界的狀況會很糟嗎？」雖然我老媽身邊有人保護，但是牽扯到我的原生世界，我還是很憂心，看來要找時間回去一趟了，畢竟我還有朋友在那邊。

「還控制在檯面下，一般人類並不知情。」尼羅淡淡地說：「原世界的情報只流通在統治者階層，世界的守護大結界還在，所以他們想儘可能把威脅控制在不會引起一般人類恐慌的程度，扣除人類大部分沒有抵抗力量的緣故，他們更忌憚恐慌與絕望會加速邪惡降臨、負面念頭扭曲某些原本是守護的存在。」

就像……類似耶呂鬼王那樣嗎？

雖然用那東西比喻似乎不恰當，但神明扭曲成鬼族之類的，對我來說並不陌生，加上還眞的不少人在絕望及貪婪等等各種時候會求助亂七八糟的存在，所以很大機率會引起更嚴重的混

亂。

眞麻煩啊。

這邊也亂那邊也亂，不能開開心心地和平生活嗎。

用小叉子切開小茶點，我有點食之無味地把點心送進嘴裡。

難怪人家會說享受美食時最好不要談正事，連食物都會跟著降低美味，眞是有夠可惜。

看著我的樣子，尼羅又彎起溫和的笑容，一語道破我心裡的遺憾：「或許我應該等吃完再說的，這並不是什麼好的佐餐話題。」

「沒事，要怪的是製造混亂的傢伙們。」惡狠狠地嚼著茶點，我用力在心中祝福那些獻祭邪惡的混帳傢伙們吃飯噎死、喝水嗆死、走路摔到水溝裡、上廁所被拉鍊夾到雞雞。

就在我盡力惡毒地希望他們在餓死前最後一口氣找到泡麵，結果裡面只有粉包沒有麵的時候，哈維恩突然偏過頭，把茶杯放到一邊。「有訪客。」

原本我以爲大概是學長他們，要來追究我跟著妖師那邊跑路的事情，但下秒就看到哈維恩把刀都抽出來了，擺明不是熟識的人。

隱在黑暗裡的西穆德赫然現出身影，長刀架在同樣突然出現的外來者脖子上，差一點就可以把對方的腦袋削下來。

等到看清入侵者模樣及他肩膀上那隻白鷹，瞬間想了好幾個可能名單的我整個驚訝了。

不能說熟、但也不算完全陌生的人，前不久還見過面，當時他把萊恩夾了跑路，讓大家追了好一段距離。

「……二十七？」

所以，這位重柳族換個方式搞夜襲了？

「讓人進來。」

對於二十七的印象雖然沒有很好，但也沒有像他哥那麼壞，沒有到要砍他的地步，我讓西穆德和哈維恩收刀子，疑惑地站起身迎接莫名的來者。

畢竟他幫過萊恩，四捨五入算有欠點人情。

下意識往西穆德那邊看了眼，我突然覺得血靈的眼神有點怪異，好像是在盯什麼獵物……

喔靠夭，等等，該不會他還惦記著要抓個重柳族逼問魂靈處理的方式吧！

連忙朝西穆德使個眼色，希望他不要眞的撲上去抓人，幸好血靈沒眞的動手，不然我總覺得他一動，哈維恩也會跟著撲，然後這名重柳族就會被他們兩個逮住，我又再次榮登迫害白色種族的寶座。

光想想都很胃痛。

「深夜來訪，有什麼事嗎？」尼羅微笑著打散一室警戒，爲訪客也斟了杯茶水。

二十七大概沒想到會被塞點心和茶水，微愣了下，倒是他肩膀上的魂鷹一臉很不客氣地伸直腦袋，意圖叼走點心。

把點心和茶水放到一邊，順手將魂鷹野放到旁側櫃子吃點心，二十七才重新轉向我們，微低的聲音從面罩下發出：「來帶回死去族人。」

我想到被異靈撕碎的重柳族，對這個回答也不意外了，大概是因爲被污染，所以靈魂什麼的有點問題，致使魂鷹得出發收魂。

然而這和他跑來我們這邊又有什麼關係呢？

可能是我臉上的疑惑太過明顯，二十七沉默地指指我的背後。

……你族人變成我的背後靈嗎？

驚悚地往後一轉，啥鬼都沒看見。

「失禮了。」尼羅看我突兀的動作，有點好笑地走到我後面，不知道用了什麼術法細細地檢查了好一段時間，指尖才拈起一小抹小白粉。眞的相當小，根本就半顆米粒大小，連點力量感都沒有，完全就像不小心在哪裡沾到的灰塵。

這要怎麼炸才可以把靈魂碎片炸成這樣？說眞的，都變成這樣了還能夠收集復原嗎？這看起來連三魂七魄都不是了，根本到了無法超生的地步吧！

二十七小心翼翼地接回快不能算碎片的小粉塵，動作極爲小心地放進一個小小的白色瓶子裡，然後再輕柔地收好瓶子。

「謝謝。」二十七甚至還道謝了。

聽著這聲謝讓我有種毛骨悚然的異樣感。

被重柳族道謝什麼的，有夠可怕。

「時間種族非常重視靈魂力量，所以他們會儘可能回收族人的魂靈。」尼羅人很好地解釋對方道謝的原因。「畢竟很少黑色種族會帶著白色種族靈魂碎片而不清除掉。」

我如果說我們都沒發現你們信嗎？

不過尼羅這句話也讓我很心虛，我身上並不只一個靈魂碎片。

下意識往哈維恩那邊看，夜妖精臉色很正常，看不出來他有沒有注意到這個粉塵碎片的事情。但我在狩人那邊幾乎力量全開都沒發現，十之八九他們也沒有發現，這東西太小太小了。

道完謝後二十七也不說話了，但沒有馬上離開，我後知後覺他居然是在等魂鷹吃宵夜，大搖大擺佔據點心盤的魂鷹三兩口把點心吃完，然後用微妙的傲嬌眼神看著尼羅，脾氣很好人也很好的管家打開了滿滿的點心盒，讓唯一有心情吃東西的活物大口大口吃個爽。

幾秒後，我無言地發現一隻縮小的蜘蛛偷偷蹭到魂鷹嘴邊分食，少了一條腿和一隻眼睛也不妨礙牠吃很快的速度。

站在那邊的二十七莫名有種尷尬的背景色，可能沒有寵物或飛行夥伴被餵食的經驗。

不得不說尼羅眞強啊，一個點心盒直接誘騙魂鷹和小蜘蛛吃得香噴噴，完全無視孤單罰站的重柳同伴。

欣賞對方沉默地手足無措半晌，我才注意到有點不太對勁。「你受傷了？」不知道是不是與重柳最後待過一段時間，記憶過於深刻的關係，我猛地意識到空氣裡有種很淡的怪異感，對方掩飾得很好，但確實給我一種「血味」的感覺。

二十七沒有反應，可能是想無視我的詢問。

「難道你身上也有刻痕，不允許你接受黑色種族的好意？」我冷笑了聲，並沒有遮掩心裡浮出的那點嘲諷和恨意。「與我接觸的時候，你皮膚也會裂開嗎。」

「並不是這樣。」二十七躊躇了片刻，終於發出聲音，不知道基於什麼理由，竟然給了字多的解釋：「有部分靈魂被異靈吞噬，這是搶奪時，受傷。」

聽起來是他去追異靈搶靈魂被打傷的？

是在我們打退異靈後發生的嗎？

「須要幫你請醫療班過來嗎？」尼羅一邊說著，一邊往點心盒裡又加了幾樣小零食，我突然覺得他有點高明，直接留魂鷹就可以把人暫時留住了。

二十七搖頭，顯然不打算與人過多接觸。

算了，反正也不干我的事，他既然有隱藏就表示自己處理過了，再怎樣都不會更糟，畢竟看他和魂鷹的相處樣子應該在重柳族裡有一定的地位，才能擔任收集靈魂這種重要任務，不太可能因為和妖師接觸就被隨便殺死。

室內又陷入一片沉默。

這次魂鷹吃完，尼羅就沒再替牠加滿點心了，吃飽的魂鷹叼起小蜘蛛，心滿意足地跳回重柳族的肩膀上。

「如果那時我在……」

二十七抬起手撫摸魂鷹鼓鼓的身側，轉過身，腳下轉出離開的術法，不知道基於什麼想法，這時突然傳來輕而淡的低語：「不會讓他們下手。」

我笑了聲。

「是嗎。」

這名重柳族從出現到現在都沒有敵意，我其實並不懷疑他所說，若是那時候他在場，或許眞的能夠阻止他激進派的同族，但那又如何，時間倒轉，他並不在，且事情已經發生了，這些遲來的話不會讓人感到欣慰，或是遺憾。

重柳族也沒有繼續說什麼，表明完他的意思後便啓動術法，眨眼消失離去。

訪客走後，西穆德回到他的黑暗裡，尼羅則是把被魂鷹掃蕩過後的桌面清整乾淨，正當他拿起被吃空的點心盤時，動作突然不自然停頓了片刻。

「怎麼了嗎？」我湊過去，看見點心盤底下壓著一小塊黑色碎片。「……」難道二十七去打異靈時也爆了道具？那隻異靈身上究竟有多少碎片啊！該不會可以一直打吧？

「應該是異靈身上最後一片了。」哈維恩看出我想去刷小道具的想法，立刻打破這個無限刷怪的奢侈願望。

想想也是啦，雖然不知道用途，不過如果是重柳族，按照他們嚴謹的性格，應該會在發現這東西看似平凡無奇卻被異靈暴怒追討時留意到不對，極大可能地盡量把異靈搜刮一空。

突然就覺得二十七某方面有點藝高人膽大，單人去刷菁英怪居然還輕傷回來……應該是輕傷吧，看他樣子不像被打到無法動彈的重傷。

「你們在尋找這東西？」尼羅不知道黑色碎片的事，我隱掉一些綠海灣的部分，只提有人交給妖師族長盒子，再簡單地把阿斯利安他們遇上異靈、對方爆碎片後大發怒的事告訴他。管家想了想就把碎片遞給我，「既然是這樣，那你先送回妖師那邊吧。」

爲了避免夜長夢多，這次我馬上把碎片傳回本家，這瞬間突然開始懷疑然是不是用妖師力量搞我，眞的把碎片集中到我身邊了……妖師力量不是這樣用的吧靠！我剛剛竟然沒想到有這種可能性——我應該先祝他會一直遇到碎片的！

頭痛，巨大的頭痛。

算了，先不管有沒有被族長陷害，反正就算有我也不能怎樣，既然都到醫療班了，還是過去和學長他們打個招呼再說，雖然我自己沒用到，不過其他人的幻武不知道狀況如何了，另外幻水魔的事情也該問問。

向尼羅道謝後，我打開治療間的門，沒想到外面站著個人，抬起手正要敲門，我們同時錯愕了一秒。

「喵喵？」

爲什麼大家都要集中在晚上冒出來啊？

第四話　血色兵器

尼羅重新把點心和茶水擺出來。

極具待客精神的隔壁管家把一切招待客人的物品擺設好後，相當有禮貌地打過招呼正要告辭，米可蕥連忙拉著人，並發出邀請：「不是重要的事情啦，尼羅要不要也一起來呢？」

來？

「要去哪？」我歪著頭，大半夜的她突然想去哪裡？

「鳳凰族啊！大家一起來玩呀！」喵喵露出可愛的笑容，捧著花草茶，一雙大眼閃閃發亮。「喵喵邀了好多人，到時候還會有慶典喔。」

慶典？

「這個時節的話，應該是鳳凰族新一輩的試煉季吧。」尼羅彷彿看出我一臉問號，微笑著解釋：「鳳凰族的個人成年試煉是在各家族舉行，會取得完整的鳳凰火；除此之外，另有個同輩的綜合試煉季，一定年紀的小鳳凰們都可以參加，能進一步得到族長祝福，對鳳凰火進行精純淬鍊……嗯，如果我沒有記錯的話，其實與龍神家族後續對外的祭禮有點相似，同樣都能請

族長對邀請而至的友人們一併降予祝福。」

「對啊對啊！所以人越多越好，可以拿到祝福喔，就跟過年發紅包一樣！」米可蕥顯然秉持著榨乾他們族長力量的心發出邀請。

等等，你們族長不就是琳婗西娜雅嗎？榨乾你們醫療班首領眞的可以嗎？

鳳凰的祝福是可以用紅包形容的嗎！

我按了按額頭，想想大概也就是被貼個小小的增益狀態吧，估計就是個讓你多健康十秒之類的祝福，可能不會用到太多力量什麼的，不然不會無限邀請親友，否則歷代鳳凰首領早就被這些無良小輩吸成鳥乾了。

說起來，都高中最後一年了，看來我的同學們會輪流開始舉行成年祭。「該不會萊恩的家族最近也……？」

「喵喵問過了，萊恩說他們家會吃蛋糕。」米可蕥舔了舔嘴唇，露出她也很想一起去吃蛋糕慶祝的神情，完全可以從這表情分析出外表如同天使的美少女心中可能正在思考反人類的慶生計畫。

好的，能先確定萊恩不會有毀天滅地的家族成年禮，這邊很安全。

冥玥成年時我們家好像也是吃蛋糕，顯然妖師這邊同樣不會有什麼可怕的滅世儀式，算算我身邊疑似會有危險的成年炸彈應該就剩米可薤和西瑞這幾個人。

「鳳凰族的對外儀式相當安全，至少近百年以來沒聽過有什麼意外。」尼羅很貼心地再次補充。

一邊的哈維恩微微皺起眉，重新換了種審視的目光上下打量尼羅。

雖然我不知道他想幹嘛，但總覺得那表情有點危險。

尼羅轉過頭，對略有敵意的夜妖精展露友善的微笑，一點也不介意對方的視線。

「所以大家都一起去嗎。」擊了下手掌，米可薤愉快地確定行程，還順便轉頭朝向西穆德藏身的方位，「喵喵也幫你準備一份喔！」

我感受到血靈微小的情緒震動，可能被米可薤無痛發現藏身處這件事打擊到……所以她是怎麼發現的啊？

謎。

「喵喵還得準備家族的試煉，之後就會給大家發邀請函喔。」開開心心地確認好在場人數，米可薤三兩下把剩餘的點心吃完，優雅地擦擦手指。「一定要來！」

送走米可薤後，我們把治療間再度整理乾淨，因爲時間已經很晚了，這時候去把學長他們吵起來可能會吃拳頭，只好改明早再去。

這麼想著，我邊打開門，外面正要開門的人也頓了下。

何其相似的畫面，如果不是站在彼端的人不對，我都快錯覺是時間倒流了呢！

「嗨～漾～！」

我瞇起眼睛，看著返家又出現在這裡的傢伙。

「你該不會也是成年禮吧？」這些人都喜歡在大半夜約人去家族典禮的嗎？

西瑞挑起眉，嘴巴咧出大大的弧度，「可以啊漾！本大爺就知道大爺的僕人永遠都知道大爺內心在想什麼！」

「因爲你上次才講……」才鬧著說要去你們殺手家族的什麼暗殺典禮。

「既然你都講了，那我們現在準備跑路吧！」西瑞完全無視我的話，直接一手搭住我的肩膀，腳下就要打開傳送陣。

嗯？

跑路？

還沒反應過來那兩字的意思，站在後面的夜妖精無預警猛地拽住我的領子，把我整個人往後拖，正好拉出陣法範圍，我也差點又被他們這種抓後領的行爲給勒死。

「我們明日還有事，他現在不能去。」不知道爲什麼突然又高冷的夜妖精微微瞇起眼睛，伸手攔到我的前方，阻擋西瑞再度伸過來的爪子。

「嗄？」西瑞靠近夜妖精，標準漫畫式小混混找麻煩的表情斜視擋在前方的人。「僕人的僕人就該閉好嘴下去，大人在講話小孩子不要插嘴。」

「那也必須你是個大人。」哈維恩冷冷勾起嘴唇，完全塞滿了嘲諷語氣。「畢竟你邀請我主人去參加你的、成、年、禮。」

「大爺本來還不想管你這黑炭東西，看在之前你也一起走下水道的份上，大爺可以少揍你一拳。」回應挑釁的某殺手已經張出獸爪了。

「你們兩個如果現在要打架請自便，再見不送。」眼神死地繞過兩個突然吵起來的傢伙，我拉著尼羅決定讓這些俗務都隨風去吧，反正在這地方打死隨時都有醫療班可以拯救他們的狗命，不想奉陪了。

「是他先開始的！」收回爪子，西瑞立即跟上來，順便告狀。

「動手的是他。」哈維恩也不遑多讓，從另外一側幽幽地跟著邊走邊開口。

你們兩個是一起降齡了嗎，夠了喔！

總之那天半夜西瑞還是一路跟到我在醫療班的病房。

送走尼羅，看著某殺手和夜妖精吵吵鬧鬧地拌了好幾句嘴後，西瑞才終於想起他大半夜來找我的主要原因。

「大爺回家去拷問了負責任務處的那群人，後來查下去發現有幾件掛著沒人處理的低階任務都被變動過。」西瑞坐在病床上盤著腿，摸了摸口袋拋出幾塊零食塞進嘴裡，順便拋了兩塊給我。「都是一樣的狀況，看似小任務，可是沒有被人接下過，有奇怪的術法隱藏在裡面，除了大爺以外都沒人發現。」

所以這些任務是故意要等西瑞發現並順手接走的？

爲什麼？

「老大、老二已經下去查那幾件低階暗殺是什麼狀況，應該很快就會有消息。」西瑞磨牙說道。

按照他說的，雖說都是被隱藏的低階暗殺，但西瑞的暗殺後面牽扯出青幽族僞造生命之石的大副本，所以羅耶伊亞家族那邊很重視剩下這幾件，派出的全都是數一數二縝密的高級殺手，一旦發現不對勁，他們也都有足夠能力可以隨機應變。

可惜的是果然無法查到來源，做手腳的人完全沒有留下痕跡，雖然殺手家族高層震怒，然而也怒不出個來源，這件事目前被封鎖，除了西瑞以外，僅有家族核心成員知道。

「喔對了，這是老大給你的補償。」西瑞很隨便地拿出個盒子遞給我。

差不多四十公分大小的方形木盒，一共有兩層，最上頭的頂蓋有個爪子般的印記。盒子雖然不算巨大，卻很沉重，我沒有拿好差點砸到自己，幸好哈維恩伸手過來幫我扶住這個疑似可以把人腦袋砸開花的重箱。

打開第一層，先聞到一股很舒服的香甜味，接著是塞滿滿的各式點心，每個大約都是一、兩口的精緻大小，看起來非常美味，連配色都很優美，看了心情很好。

抱持著愉快的心，我打開第二層，入眼的是一陣貴氣逼人的金光。

……

……

？

「這是什麼？」

我看著塡滿第二層的燦金色物體，同時發現原來盒子的重量都來自這一層，眞的重到靠杯，連病床的床墊都被壓到凹下去。

「黃金啊。」西瑞很理所當然地說：「老大說把你們牽扯到任務裡很失禮，所以準備補償的小禮盒給你們，每個人都有。他問說你喜歡啥，大爺想了想，你應該喜歡的是甜點和黃金

吧。」

不不不！甜點我是喜歡，但你哪來的錯覺我喜歡黃金！

欸不、靠，我是喜歡黃金，可是這個「一整層黃金」是怎麼回事？

正常不是應該金磚、金條之類的嗎？爲什麼是一整層大金塊？什麼邏輯才會給人整層大金塊？

「大爺送你免死金牌時你不是很高興嗎？」西瑞露出狐疑的表情。

「……」我那個應該不是高興，是年輕時的驚嚇。

不要讓我想起免死金牌！

「喏，你們的。」無視我的震驚，西瑞把一樣的盒子丟給哈維恩與暗處的西穆德。

我原本以爲他也是拿金塊砸他們，但哈維恩打開後發現盒子裡是滿滿的符紙和藥材，而西穆德是一些瓶瓶罐罐，大概是戰場氣息之類的物品……所以他還是會給正常的禮物啊！爲什麼我收到的禮物都不太正常？

按著胃，我決定沉默地收下來自殺手家族老大的補償，少說少錯，萬一等等嘴賤這個禮物完，下次收到靈車就靠夭了。

這樣想想，金塊還是比較可愛的禮物。

夜深後並沒有再來奇怪的訪客了，等他們又彼此嘲諷一輪之後我決定不管這些人了，掀了棉被躺下去就睡。

幸好之後哈維恩看我準備休息，便乖巧地閉上嘴安靜下來，西瑞找不到人搞事，碎碎唸了一會兒後自己擠到病床的另一邊呼呼大睡。

總的來說，還好不用逼我眞的揍他們。

※

翌日一早，起床沒看到西瑞和哈維恩，爲了不想他們又跑出來互鬥搞事，我洗漱完就直接發訊息給其他人，朝木栗所在的別院而去。

遠遠地，就看見萊恩站在庭院入口處向我揮手。

「木栗師父要我不可以離開太遠。」萊恩嘆了口氣，並表示他這兩天都沒辦法去搶限定飯糰，對於必須找人幫忙搶這件事感到良心非常痛。

我注意到他已經改口叫木栗師父，看來我和妖師去狩人領地時這邊也發生不少事。稍微問了兩句，萊恩果然點頭說我們出去後，他繼續被木栗抓著當助手，結果當著當著，木栗遞了一

疊材料、消耗品清單要他簽名去公會代領物品時他沒注意，活生生順手簽了一份認師契約。

「……認師契約？」我這輩子第一次聽見這種東西。

人家是跪著拜師，你是被拐騙簽了認師契約？

萊恩點點頭，可能對於這件事還有點不太有眞實感，當下他其實沒有看清楚那份是什麼東西，才剛簽完名就被木栗秒搶走，接著契約就生效了。「我只記得……上面寫簽約日開始就是木栗師父的徒弟，不能把師父甩著玩、要認眞學習、有問題就要發問、練習材料全部由師父提供，有人打我可以找師父，師父會叫燄之谷的人打對方，逢年過節會給我禮盒禮金……之類的，後面的沒看清楚。」

……

等等，這個契約內容不太對啊！

這是強迫塞個長輩包養你吧！

還包材料包三節禮金的！

鍛靈師不是傳說中搶手又稀少、沒事還會絕種的存在嗎？

常理來說應該有滿坑滿谷的人想拜師吧！

這種自己賣身收徒弟的見鬼契約是怎麼回事？

雖然不明白這拜師邏輯，但我大受震撼。

我看著還一臉問號的萊恩，深沉地思考到底是因爲萊恩過於人見人愛，還是裡面那個鍛靈師腦子趴呆掉了。

「契約沒問題，對於萊恩而言非常優待，我能保證裡面沒有一條強迫他爲惡的條約。」甫巡邏經過的阿法帝斯正好聽到我們交談，無奈地翻了個白眼，大概是基於龣之谷的名聲必須挽回，只能慢步走過來解釋：「木栗大人非常排外，你們也見過了，往年雖然有成千上萬的人希望向木栗大人學習，但都只是把他嚇得更往地心裡面藏，狼王循循善誘了千百年都沒有成果，木栗大人堅持收徒弟只收他喜歡、看得順眼的，不論資質皆會悉心培養。」

我指向萊恩：「千百年第一個？」

阿法帝斯沉痛地點頭。

難怪鍛靈師會瀕臨絕種。

如果每個都是這種收徒標準，不絕跡都算老天保佑。

「那他怎麼不收你？」我看著唯二可以近木栗身的阿法帝斯。

「我對幻武研究並沒有那麼大的興趣。」阿法帝斯微瞇起眼眸，「畢竟是近代突然被推崇的產物，早數代的人並不當主兵器使用。」

被他這麼一說，我才注意到其實眞的滿多大佬級的人物沒在用幻武兵器，似乎眞的是我們這一輩的人用得比較多。

「幻武兵器還未普及時，比較被人追捧的武器是另外一種兵器，但鍛造門檻高，好的鍛鑄師同樣稀少，並非人人都可以使用。」萊恩開口說道：「幻武兵器大量出現後，只要找到志同道合的兵器，就能容易地擁有力量，所以近代廣爲使用。」

邊聽著，我隱隱約約想起還眞的曾聽過誰說幻武兵器是小孩子玩的東西。

但幻武兵器的力量還是很強，只是那種強需要兵器本身的靈體配合就是，看看魔龍他們就知道了，思想達一定程度的契合後，我現在開槍時甚至不用自己瞄準呢，能協助有缺的部分眞是太強大了……雖然他們不是眞正的幻武，不過其他幻武也差不多能做到許多輔助，對於剛接觸兵器的新手菜雞眞是友善太多。

「不過還是要想辦法把合約拿回來看一下。」我拍拍突然就這樣賣掉的萊恩，感嘆：「至少看看有沒有需要在你師父餓死之前要感應到、然後送飯給他的約定。」

「……」阿法帝斯一臉無法反駁地看著我。

該不會眞的有吧！

什麼鬼！

「好。」萊恩乖巧地點頭。

接著我們走進臨時工作間裡，還是那座大廳，不過裡面已塞滿各式各樣的箱子、小櫃子、大量不明物體和飄浮物，比較熟悉的是一邊靠牆的長桌上有一排飯糰盒，好幾個都是萊恩常買的店家。

木栗把自己塞在極度隱密的角落，背對著所有人打磨手上的物品，如果不是萊恩指出來，我根本沒發現他還在屋子裡，這種隱藏程度和萊恩平時蒸發的狀況有得拚啊！

難不成是看上這點收徒的嗎？

我無言地隨意看了下周邊，這才發現排隊的幻武盒子又多了一些，裡面竟然還有眼熟的幻武豆子。「阿利學長來過了？」沒看錯的話，似乎有阿斯利安的幻武兵器在等待處理。

「嗯，阿利學長清晨時來過一次，是學長帶來的。」萊恩大致說了下，大概清晨四點多時學長帶了阿斯利安來檢查兵器。因爲異靈襲擊，其實有許多人的幻武都因此損壞，輕微的送去公會部門維修，嚴重的則是拿過來請木栗指示。

不知道基於什麼原因，學長直接把阿斯利安本人拽來走後門，幻武兵器留在這邊和大家一樣等候淬鍊。

木栗的樣子看來不能隨便打擾，我們便移到另外一端的工作檯上，這個區域顯然劃給萊恩，最引人注意的就是端放在上頭的骷髏，那顆鑲了幻武的白骨腦袋現在有個專屬的小架子擺放，還墊了一塊相當柔軟的毛皮。

「現在可以溝通了嗎？」我看萊恩精神比逃跑那時好很多，順口就問。

「稍微可以了。」萊恩拉出兩張椅子給我們坐。

這時我才發現阿法帝斯還跟著，似乎對於那個骷髏幻武有點興趣。

萊恩正要伸手去摸那顆變得很乾淨的骷髏時，我們後面猛地有東西撲出來，迅雷不及掩耳地一左一右勾住我和萊恩的脖子，超級不客氣地掛在我倆中間，接著一股食物香氣傳來，伴隨同樣大刺刺的聲音：「怎麼不等本大爺就要開幕呢！」

我緩緩回過頭，果然看見西瑞搭在身後，往後一看，還有捧著大食盒的哈維恩，後者一臉很想朝某殺手屁股踹下去的表情，但忍住。

夜妖精走到一旁，清開一邊桌面的雜物，把超大食盒打開，四層食物裡有滿滿一整層都是飯糰，馬上把萊恩吸引過去。

靠到食盒邊滿目感動地欣賞了飯糰們一會兒，萊恩並沒有立刻開吃，而是從裡面挑出一顆淡粉色小巧的圓形飯糰，小心翼翼地裝好盤放到骷髏前方，接著才用手指點了點骷髏的腦殼。

「我找了一些同等力量讓他吸收之後，可以有短時間的……」

後面的話還沒說完，骷髏的眼洞流出血水。

不，似乎不是血水，而是某種紅色黏稠的液體，有點像是血色史萊姆，果凍狀地「爬」出來，最後在飯糰盤前匯聚在一起，慢慢揉捏出一個半掌大、疑似小貓咪的形狀。

「大爺不要吃素食的！」小貓咪意圖發出凶惡語氣，然而吐出來的是幼兒般軟趴趴的聲音，一點殺傷力都沒有，只剩下蠢萌。

還有不是我要說，這自稱詞怎麼這麼像某人啊！

「要肉！」血紅色的小貓又嚎了聲。

我和萊恩默默轉過頭，看向西瑞。

「看本大爺幹嘛？這啥東西。」西瑞一巴掌把小貓拍下去，血色小貓直接被打回一灘史萊姆，在手離開後瞬間又Q彈回貓咪的形狀，這東西轉頭凶凶地咬住凶手的手指，維持著這種姿勢被西瑞抬手吊起來。

「幻武靈體。」望著被掛在半空中搖晃的小貓，萊恩乾巴巴地補上介紹。

我看過幾次別人的幻武靈體，就是沒看過這種……喜感的。

忍不住誘惑，我伸出罪惡的食指，往掛著的血色小貓身上戳了兩下，史萊姆一樣的貓跟著搖晃了兩下，死不鬆嘴。

萊恩若有所思地看著西瑞和小貓，思考了半晌後開口：「你們的波長似乎很契合，要不要締結契約？」

「本大爺才不要這玩意！」

「本大爺才不要這東西！」

小貓和西瑞同時張嘴嫌棄對方，史萊姆直接從高空掉落，咚的一聲摔在桌上滾兩圈。

嘖嘖，這默契太好了吧。

萊恩替幻武靈體換了一根戰斧牛排，比食物小的小貓嗷嗚一口啃上去，埋在肉堆裡。

「這位與九瀾先生的幻武兵器是同系譜力量的存在。」萊恩端著飯糰盤，和大家一起吃著早餐，邊介紹桌上用力咬著肉塊的小貓咪。

血靈們當時找上九瀾和西瑞時，的確也是說骷髏裡的東西有著和九瀾幻武類似的力量。

我想起那個無差別攻擊的笑骷髏，不禁打了個寒顫，很難想像眼前的小貓也會有那種詭異的……啊其實也不是那麼難想像啦，畢竟他就是一團血糊糊的液體組成的貓，或許眞的就是會變成類似那樣的幻武。

「大爺是最厲害的幻武。」小貓抬起腦袋，很神氣地開口。

西瑞隨手一拍，整隻小貓又被拍成一灘液體黏到牛排上，下秒史萊姆彈回貓樣，憤怒地往西瑞身上撞。

「對了，你要來本大爺家的試煉祭典嗎？」西瑞把貓按回牛排，轉頭詢問萊恩。

我面無表情地嚼著早餐，掩蓋掉很想對他們說「簽啦簽啦簽啦」這種中二台詞的衝動。

認真地說，我看你們倆還滿合的啊，真不考慮簽一下嗎？

萊恩咬著飯糰，一臉不解。

「你家殺人的試煉要那麼多幫手嗎。」我突然覺得這家族的暗殺試煉有點難以形容。

「啥？試煉是大爺的，你們來祭典玩就好了，下面那些旁支傢伙們搞出一些有意思的慶典，外人可以來，內人當然也可以。」

無視西瑞後面那句有問題的用語，我下意識轉頭看向哈維恩，夜妖精果然立刻解釋差異，速度快到好像提早做好了資料調查。

……啊等等，該不會他昨天盯著尼羅看就是因為被搶走當百科全書的機會？

應該不可能吧？

不知道我內心各種飄過去的疑問，哈維恩開始解釋，大致上就是羅耶伊亞家族的本家歷代有試煉的規矩，就與西瑞先前說的一樣，個人成年時要跨級挑戰暗殺一個目標，以及完成一些任務。

而在本家之外，其他的旁系與其下所有相關企業、結盟等等，則會有另外的試煉，即是每隔三年的試煉大會；也被當作三年一度的商業大會，各地勢力會來聚首、交換訊息和合作，同時地下的各個黑色勢力也會應邀參與觀賽，因此也搞了個祭典活動，規模相當龐大，算是黑色產業裡數一數二的年度重要活動之一。

乍聽之下其實與鳳凰族有點類似，不過也和很多種族的相似，不外乎都是試煉、慶祝，頂多加一些祭神等等的敬告祝拜。

「就是打擂台和園遊會。」西瑞很簡單地用了兩個爛大街的名詞形容他家全族試煉大賽。

「你們想打也可以上去打，外人打贏有獎勵。」

「不過羅耶伊亞家族的試煉大會不是三天後就開始了嗎。」哈維恩挑起眉，像是不解為什麼身為本家直系的西瑞到現在還在這裡。

我猛地看向還在彈小貓的傢伙。

「現在回去會被一堆亂七八糟的傢伙纏著不放，笨蛋才回去。」西瑞嗤了聲，同時轉開視線，小聲地不知道在抱怨什麼。

「逃跑的人還在這裡大放什麼厥詞呢。」

一隻蒼白的手從西瑞後方伸出，陰冷地按住那顆七彩腦袋，過於突兀又無聲無息地出現，把我們嚇了一大跳，接著才發現竟然是不知從哪冒出來的九瀾。

「滾！你來這裡幹嘛！」西瑞秒甩開他哥的爪子。

「我請九瀾先生有空過來一趟。」萊恩幽幽地舉起右手，表示人是他喊來的。

搖曳著一頭黑長直，臉部整個被覆蓋在黑毛下的九瀾推開擋在前面的西瑞，直接一屁股往騰出來的位子坐下，似乎是剛任務回來，他身上還穿著黑袍，周遭氣息也足夠陰森，活生生真的很像一條不知道哪裡爬出來的怨靈，帶著陰氣面對萊恩。

……他是出了一個沒辦法撿屍體的任務嗎？

連我都可以看得出來九瀾的精神有夠萎靡，連空氣都捲曲了，好像被虐待一樣。

「你是月事不順嗎。」西瑞很白目地對蒼白的兄長提出疑問。

「我到手的屍體被收繳了。」九瀾低頭抱住腦袋，散發痛苦。

「……珍禽異獸嗎？」我看他的痛不像假的，很好奇誰可以從他的手裡搶屍。

「我切了一隻異靈，被公會奪走了，深仇大恨，我要脫離公會。」快要變成一整塊黑影的雙袍級發出怨氣極重的危險話語。

——我靠！

「你切了什麼？」我覺得我剛剛可能耳屎太多聽錯。

「異靈……確切地說是切了他金蟬脫殼、留下的假體。」九瀾鬱悶地回答。

仔細一問才知道，原來九瀾竟然是我跟著妖師隊伍離開後，去追擊異靈的後援隊伍之一，他們追上時異靈有點奇妙地虛弱——我猜應該是在他們追到前被二十七襲擊的原因，看來公會不知道重柳族也把異靈暴打了一頓。總之，因爲異靈顯露出虛弱，所以被公會隊伍包夾，九瀾把對方砍倒刹那，異靈狡詐地甩掉假軀殼，眞身瞬間逃逸。

九瀾剛要笑納難得一見的軀殼，下秒就被公會以極度危險的理由給回收了，他連條手臂都沒分到，彷彿跟去做白工。

「不管怎麼想，這都不是會給個人的東西。」阿法帝斯很難得替公會說了句公道話，大方展現「毀滅異靈，人人有責」的立場。

「我打到就是我的。」即將喪失理智的九瀾並不接受公道話。

「要不然下次有看到奇怪的屍體我再通知你？」我看九瀾都快扭曲成鬼族了，想想便好心提議，反正黑王那邊時常會獵殺異變鬼族，要個一、兩隻當伴手禮並不難。不然這傢伙的殘念都要實體化了，現在如果我去給他點耳語，搞不好分分秒秒直接變成高階鬼族投靠我們這邊。

蒼白的手瞬間按到我的肩膀上，瀑長的黑髮後出現了打起精神的光芒，就像被甩在岸上又被踢回水裡的魚，透過那層殘留的理智水光吐出希望。「你人眞好，死了屍體可以給我嗎。」

「不，恕我拒絕。」冷漠地拍掉肩膀上的死亡之掌，我轉回萊恩那邊：「先處理正事要緊。」既然都特地把人喊來，那肯定不是閒著叫他來聚餐，畢竟他們兩個並沒有太大的交情。

萊恩見偏到天邊的話題終於被帶回來，才開口：「九瀾先生的幻武與這位是同源，他似乎也認得九瀾先生的兵器，所以想借幻武原石一用。」

「喔，這事情啊。」可能是因爲先前血靈們提過，九瀾並沒有很意外，爽快地直接取出幻武大豆遞給萊恩。

九瀾的幻武大豆是黑色的，上頭有個血紅到近黑的紋路，整顆充滿了不祥的死亡氣息，光是盯著一小段時間都會給人暈眩的感覺，相當不舒服。雖然這麼說好像在講別人壞話，不過這幻武確實很適合九瀾，感覺是「同一類」。

「特殊兵器，魔化系的死亡幻武。」萊恩捧著大豆，黑色的原石很快滲出濃黑的液體，與小貓的凍狀流液很相似，而且仔細一看，其實並不是純黑，而是血紅到發黑的顏色，隱隱還有一股危險的鐵鏽味。

血黑色的液體開始往上延展，交互編織出形體，比半掌大的小貓咪要大好幾倍，最後出現的是約莫六十公分左右的女性軀體，有凹有凸、非常曼妙有料，然而她的身體一半是人類般的肉體，另外一半竟然是骷髏，六條手臂也是半人體半白骨，在頭部的位置則是戴著一個比腦袋大很多的牛頭骨，所以看不出臉的模樣。

不得不說，這幻武靈體說是邪神肯定會有人信。

除了外表相當詭異，散發出來的氣息根本不像正常的元素幻武。

「魔化系就是指已經狂化異變的幻武，這類幻武雖然強大，但過度凶暴、異常難契合，能使用的人非常稀少，目前已知的使用者十人裡有高達九人都被反噬。」萊恩看著手上的半骷髏靈體，像是對待珍貴物品般小心翼翼地捧著，眼神充滿欣喜。「如此優雅又純粹的暴力，真是太美了。」

笑骷髏靈體似乎很吃萊恩的讚美，發出一陣詭異的笑聲，盤著腿飄浮在萊恩手上任由他觀看，黑色液體組成的長髮、服飾和飄帶，無重力般在她身邊旋繞飛舞著，乍看之下真的有種強烈的黑暗系墮落美感。

我記得先前見過九瀾幻武第二型態出現好幾個類似宗教神像的塑像，不知道他的幻武靈體是不是也有不同樣貌，讓人有點好奇。

西瑞睨視著笑骷髏的靈體半晌，扭頭一臉嫌棄地把血色小貓彈飛出去，後者又抓狂地衝回來，徒勞地與彩色腦袋的殺手對咬。

眞心說，某方面他們還眞的滿合的，同性相斥那部分。

血色小貓發飆了一會兒便開始打哈欠，把最後一口肉吃完就懶洋洋地重回液狀，鑽回骷髏裡面休眠。

一直觀看著一切的笑骷髏靈體又傳來陣陣詭異的笑音，接著突然發出沙啞的語句：「那小玩意……是他的主人喔……」

「嗯？腦袋是他的主人嗎？」九瀾噙著不明的笑，興致勃勃地盯著安靜的頭骨。「所以你們認識？」

「血洗大地之前，我們確實是同一塊土地的居民。」半骨化的靈體悠然飄離萊恩手上，姿態優美地在空中舞動般旋轉了圈，最後在白骨腦袋頂端坐下。雖然她的造型和嗓音讓她整體感覺有點可怕，不過卻沒有謎之刁難，反而還算親切地有問有答。「不過不認識，只是聽聞有個拽著奇怪祕密、被白色種族追殺的異種族從別的村莊逃來，不知道將逃去何處這樣的流言。」

我轉向看不見光的黑暗角落，西穆德很快出現在哈維恩身邊，回答我的疑問：「血靈並不清楚骷髏的來源，這是以前的血靈無意間獲得，當時會挑選這件物品也僅是與九瀾先生的兵器力量相近。」

他會這麼說就表示再往上追蹤，血靈那邊也沒有進一步的線索，畢竟他們要拿出來接近我身邊人的東西，應該會調查過，核彈什麼的如果炸掉傷人會引起妖師惡感，所以必定會選擇相對安全、甚至有助益的物件。

點點頭表示明白，正想讓西穆德回陰影裡時突然瞟到桌面上的食品，想想我就轉口要他隨便吃個什麼，順便一起聽聽大家的討論。

即使很想隱藏起來，不過血靈還是乖乖地按照指示去搬了椅子過來在附近坐下。

「所謂的血洗大地是……？」萊恩端過一杯茶放到靈體前方。

「似乎是以前發生過的大屠殺。」九瀾看著自己的幻武靈體笑呵呵地摸著茶杯，代替說道：「她只記得一點片段，幻武契約時我也看過，是整座城鎮都變成血海的畫面，不過只有一瞬，單只看城鎮的模樣可能是數千年前的人類城鎮樣式。」

「不過沒有被記錄在歷史上，對吧。」哈維恩突然開口，接收眾人疑問的目光，神色未改地說：「白色種族很喜歡記錄這種算是大事件的事情，尤其又是在人類城鎮，但九瀾先生說可能是……按照九瀾先生的性格而言，我想應該很早就調查過，但並沒有調查到相關的記載，才會用『可能是』這樣的詞語。」

九瀾聳聳肩，「沒錯，我動用過公會的資源調查，但沒有這座城鎮大屠殺的資料。」

「況且各種族們保留的建築特色不一，說不定這個城鎮只是喜歡那樣的建築風格才未改，實際上連年代也不一定能確認。」哈維恩迎向我的目光，冰冷地說：「守世界與原世界不同，只憑一幅畫面，是非常難找到線索。」

……

爲什麼我覺得夜妖精好像在打擊我們的討論？

而且不知道是不是我的錯覺，他說這段話時雖然內容不是很過分，但言詞中帶有一絲阻意和說不出來的惡意。

是不想繼續這個話題嗎？

第五話　綁架、調查報告

「喂，你是怎麼回事？」

一直安靜坐在一邊的西瑞咬碎了根骨頭，啪嚓的聲音在突然靜下來的空氣裡顯得很大，他露出狐疑的眼神盯著哈維恩。「這種事情不是說完聽聽就算嗎，爲什麼要那麼認眞反駁？」

哈維恩頓了頓，並沒有像平常一樣馬上反槓西瑞的質疑，似乎陷入某種思考。

這異樣的情況連萊恩都帶著有點擔心的表情望向夜妖精。

「……抱歉，請恕我先離席。」哈維恩在沉默了半晌後突然起身，匆促地丟下這句便直接快步離開工作間。

我抬起手制止其他人的動作，自己站起身：「我去看看他怎麼了，你們繼續吧。」

仔細一想，哈維恩這兩天確實好像有點怪怪的，只是不太明顯，或許他本人都沒有注意到？

先不管如何，他現在恐怕不想與白色種族待在一起，我莫名有這種感覺，所以讓大家別跟去後，快步尋找哈維恩的蹤跡。

沒想到這傢伙跑得比我想像中還快，繞了一圈花園都沒見到人，讓西穆德搜索黑暗處也沒抓到。

跑出別院了？

意識到這個可能性，我腳底一轉往別院出入口走去，才剛往醫療班總部走了約兩分鐘，就讓我看見不明原因逃走的夜妖精背影，他看上去似乎是真的想要離開別院，然而途中被人堵了下來，現在正在與對方說話，一發現我，兩人同時停下交談。

「阿利學長？」我有點意外看到攔住哈維恩的是應該要被關的傷患，他穿著平常的服飾，氣定神閒的模樣看起來不太像逃院中的狀態。

「你們吵架了？」阿斯利安抓住哈維恩的手臂，投出讓我也一頭霧水的疑問。

「沒有啊。」我走到哈維恩面前，注意到夜妖精確實有點閃避我的視線，情緒變得很低落，這就讓我不解了，畢竟他跑掉之前大家都還在聊天吃飯好好的。「我有做錯什麼事嗎？」

哈維恩搖搖頭。

「我原本在前面的花園休息，但是風帶來一股迷茫的氣息，我就順著走過來，正好看見他，風的指引讓我認為不應該放任他獨處。」阿斯利安認真端詳我們兩個的表情，大概也看出不是吵架的樣子，就先放開手，溫和地詢問：「你是不是碰上不方便告知旁人的問題，或許我能幫得上忙？」

「我……」哈維恩開口吐出一個單字，又停下。

「九瀾的幻武靈體有什麼異狀嗎？」我想想，先問個近的。

「不，不是那個問題。」夜妖精微微皺起眉，像是有某種怪異的事情困擾著他，但他很不想說出來。

我看他樣子不像是想隱瞞我、只是單純扭捏，可能眞的有什麼讓他覺得不好啓齒，於是很耐心地等待他整理思緒，幸好沒讓我們等太久。

哈維恩有點喪氣地低下頭，悶悶地說：「我可能聽見了『聲音』。」

「聲音？」我與阿斯利安對看了眼，「是……預兆？種族那種？」他們這些種族有時候會聽到奇奇怪怪的聲音，大氣精靈啊、寓言啊、風傳來的聲音啊一堆。

「不，是『外來者』。一開始我並沒有發現，直到剛剛突然意識到不對勁，我認爲最好立即離開，畢竟那裡有鍛靈者，很可能會遭到鎖定。」哈維恩解釋幾句他剛剛驟然改變的反應，懊惱地低語：「有東西在對我傳遞『聲音』，我先前卻沒有察覺。」

他的說法有點抽象，我一時之間搞不太懂意思。

站在一邊的阿斯利安顯然比我快弄清楚夜妖精想表達的事，表情有點訝異。「你是不是被

『侵入』了？」

「我想應該是。」哈維恩這次點頭，整隻妖精肉眼可見地更加沮喪了。

「被什麼侵入？」我看著萎靡到不行的夜妖精，暗暗吃驚之餘，也想著我們明明才剛從妖師本家離開，本家那邊都沒發現哈維恩的異狀嗎？

「這段時間你們接觸太多惡意，包括異靈的攻擊和黑色語言。」阿斯利安握起拳頭，勾起的食指抵在下唇，思索的表情有些嚴肅。「不知道我的猜測正不正確，沉默森林雖身為導讀黑暗的種族，但並非完全免疫惡意與毒素的侵蝕，再怎麼說，只是力量比較強悍些的夜妖精，按照你們遇到事件的頻率與強度來看，若遲遲沒有回族內進行血脈淨化，很可能不知不覺會被惡意影響……失禮地請問，你有多久沒有回沉默森林、請你們的祭司或長老進行『清潔』了？」

我愣了愣，哈維恩這段時間的確都跟著我，不然就是在各學院跑來跑去學習，上次問他回族裡的事，他也很隨便地帶過去，所以我一直覺得他是我們當中最安的一個。

因為我背靠妖師本家、學院和醫療班，平日又會去黑王住所加上魔龍監管，長久以來調整身體的問題都丟給其他人操心，所以反而忽略了身邊人或許並沒有如我想的完全處理好某些後遺症，以及他們可能是得定期回種族進行某些調整這些事。

哈維恩近期解讀了好幾次黑色語言，異靈出來時同樣也在解析，我看他後續表現出來的都是沒事的樣子，就以爲眞的沒事，我關心他的並沒有他關心我的那麼多。

想到這邊，我整個內疚，伸手敲了敲手環，「希克斯。」

幾秒後，魔龍的身影浮現在我們周邊，我快速講解了哈維恩的不明狀況，希望魔龍能幫忙看看問題究竟出在哪。

高大的幻影挑起眉，這次並沒有出言不遜地靠夭，反而直接逼近哈維恩臉前，很認眞地盯了片刻後，才開口：「小鬼，你啥時注意到『聲音』？」

「就在剛剛。」哈維恩整理好情緒，收起垂頭喪氣，眼下冷靜許多。「談話時我並沒有打算潑冷水，等話說出口後我才意識到有個『聲音』悄悄地從我腦袋中離開，而快速搜索後發現我的神魂防禦裡出現一條很細微的裂口。」

「嗯，那還好，正要搞你而已。」魔龍意外地對哈維恩很愼重，從我這邊領了些力量又檢查了一輪才歪過頭，對我們說道：「本尊看他應該是在解讀黑暗語言時被侵入，他的精神防禦很高，下手的玩意怕他察覺所以到現在只敢弄出一點裂縫，不太嚴重，剛開始影響情緒，還不到被上身的地步，頂多罵人難聽點。這小事情讓他回自己的族裡，找個血脈相同的近親長輩幫他洗一洗神魂就好了。」

「嚴重會怎樣？」我有點擔心哈維恩的狀況。

「弱雞你自己應該有經歷過，會逐漸感覺到有東西在牽引你，然後開始對你碎碎唸，到後來你會想敲破自己腦袋把那東西掏出來，不過沒辦法，因爲你已經開始聽從那聲音，最後就會被邪惡逮到空隙奪走靈魂和身體了。」魔龍嘖嘖了兩聲：「當然你妖師血脈有很大的免疫空間啦，而且現在有本尊在，怎麼可能讓你被搶呢，要搶當然也是本尊先下手。」

無視後面的話，我憂心地轉回夜妖精：「你回沉默森林吧，專心休息好再來。」

「可是……」哈維恩顯然極不同意這個走向。

「你跟在我身邊都跟到快過勞死了，現在有西穆德，你大可好好放個假！」我雙手扠腰，努力強勢起來。「我都沒給你薪水了，難道還不能給你個假期嗎！選擇回去或是我之後都強制你放週休二日！」媽的說到我好像是個人渣老闆！

「西穆德不會野炊，也不會準備你的衣物藥物靈符水晶陣法地圖，當你們又開始亂跑時，他很可能第一時間被甩掉，而且你還會毫無負擔地把他忘光，因爲他對於提高野營水準沒那麼了解，你弄晚餐時甚至不會記得他的存在。」哈維恩一口氣發出一大段血淚控訴。

「……」

我竟無言以對。

看我把好好一個夜妖精逼成什麼樣子。

靠杯我的良心好痛啊。

「我會野炊。」

莫名其妙被年輕人抹黑的高齡血靈終於忍不住，幽幽地從黑暗裡走出來替自己糾正名聲。

「能好好準備三菜一湯嗎？如果同行三人都有大小不一的傷勢疾病你可以保證掌握他們的用藥方針嗎？可以行前準備好各種可能會用到的支援品嗎？」哈維恩對只澄清野炊的血靈發出一連串靈魂質問：「當他們一行人要智障時能適時地打他們臉嗎？莫名其妙遇到魔王等級時可以用得出共生術法嗎？」

「……」西穆德沉默了幾秒，往後退退退退回他的陰影裡，身影消失。

阿斯利安看了看夜妖精，然後看了看我，露出不可思議的表情：「原來你是這樣的學弟。」

「不，我不是，不管你想到什麼，我都不是。」

靠！名聲遭害！

雖然哈維恩強烈地不想被遣返，不過他的狀態確實有問題，時間拉長不只對他本身不好，對周遭人同樣不利，最後還是委屈又勉強地點頭同意回一趟沉默森林。

原本我想帶他去向其他人打個招呼再走，但夜妖精認爲自己與其他人沒有那麼好的交情，且不想在有「聲音」影響的狀況下再去接近其他人，於是說走就走，離開前還要我保證這幾天會乖乖待在學院或醫療班，眞的有事要出去也會帶好西穆德，這才扭頭走人。

「看來學弟你眞的要好好實現諾言。」從頭到尾都在看戲的阿斯利安低聲笑了笑，和我一起折回鑄靈師的別院。「夜妖精其實是相當高傲的種族，他卻這麼擔憂你，可見對你付出極強的信任與忠心。」

是的，我知道自己就是個渣老闆，我把一個高傲的夜妖精硬生生折磨成一個老媽子，希望他沉默森林的兄弟們這次看到他回去，不會組隊來取我狗命。

阿斯利安還是維持著一臉笑笑的模樣，大概是覺得剛剛哈維恩的反應很有趣。爲了不讓他繼續嘲笑我，我順口詢問戴洛他們的狀況，得到傷勢治療後已穩定、兩人都在睡眠中的回答，就這樣我們邊聊著一前一後踏入別院的入口。

雙雙踏入瞬間，赫然感覺到別院裡氣氛不對，至少與我剛剛離開時相比，空氣緊繃很多。

接著先入眼的就是花園裡令人匪夷所思的畫面——有名完全陌生的高大男人正在和九瀾、西瑞兩人對峙。雖然周圍有燄之谷的護衛們，但似乎沒有介入這場僵持。

是誰？

看高度很可能破一百九的銀灰短髮男人背對我，所以無法第一時間看清楚臉，不過穿著正裝的背影極度陌生，我非常確定不是我見過的人。面對這個人的西瑞罕見地出現如臨大敵的表情，九瀾似乎也不是很輕鬆，而站在比較外面的萊恩則是有些惶然。

「怎麼回事？」我加快腳步跑到西瑞旁邊，不知道來者是敵是友，但看他們對峙的樣子恐怕不是什麼友善的訪客，至少我回來得應該還算及時，打起來可以幫忙出點力。

「小心。」西瑞抓住我，把我塞到身後。

近看陌生人發現他更高大了，雖然穿著一襲剪裁合身的西服，但一身強勁的肌肉與寬大的骨架依然無法被布料輕易遮掩。立體到好像是藝術家精心刻出來的俊逸五官有著嚴厲冷峻的線條，帥氣卻具有不容直視的攻擊性，深色的眼珠劃過一抹血色暗光，即使他已經特意收斂，渾身長期染血的殺戮戾氣仍相當明顯，乍然面對面讓人反射地渾身起寒意，打從心底知道這不是可以隨便觸碰的恐怖對手。

我對高級殺手並沒有概念，但這個人我幾乎可以斷定他百分之百一定是個很頂級的殺手，死在他手上的生命不計其數，遠遠超過西瑞和九瀾。

九瀾是長年切割屍體，但顯然他親手結束的生命還不夠多，所以沒有那種經年累月堆積出來、屬於劊子手的那種壓倒性的死亡氣息，這點西瑞也差不多。

這名陌生人抹掉的生命恐怕比九瀾他們高出數十倍不止，說不定幾百倍都有，甚至眼神裡

都沒有所謂的黑白或正義邪惡，給人他能夠很輕鬆割下嬰幼兒腦袋而不眨眼的錯覺。我與他視線對上時，背脊發寒到不斷冒出雞皮疙瘩。那種深深刻進靈魂再釋放出來的氣場之強，與在場的人差距極大，他站在那邊幾乎就像站在另個別人觸碰不了的世界一樣。

「你是妖師……西瑞的同學，對吧。」男人的超級低嗓音沉重地傳來，毫無情緒，只是很客觀地開口說話，卻給人寒冷的悚然感。

「這和漾無關。」西瑞攔在我前面，低吼。

眼前的氣氛太怪了，我很想回頭問萊恩或阿法帝斯到底發生什麼事，但陌生人傳來的震懾力讓我沒辦法分心。

「喔，原來你弱點是這個。」

猛然出現的聲音自我背後發出，我壓根沒反應過來，全身警鈴響起，還沒來得及放出魔龍，冰冷的手掌隨即按在我後頸，很像抓小動物一樣掐住後拽。

「雖然是妖師，但與其他妖師相比，弱了點。」男人不輕不重丟來這句，沒有從裡面感受到鄙視，僅僅是在述說事實的語氣。「但也沒關係，作爲弱點這樣就夠。」

下秒，我們兩人腳底下蹦出一大圈暗金色陣法，流動的力量感顯示這分明是種傳送陣。

我頭皮一麻，小飛碟脫手的同時旁邊也有股風側颳出來，強迫男人鬆開手掌，不知什麼時候闖進來的阿斯利安拉住我的手臂趁機往外衝，然而我們兩個一起撞上一層結界壁，壁外是西瑞震怒的表情。

「晚了。」男人悠悠哉哉地走上前，強悍的氣勢往我和阿斯利安身上用力擠壓，阿斯利安擋在我前面承擔大部分的壓迫，但他本來就還在住院中，直接被撞得一個踉蹌，差點跪倒。

「想要這兩個人，就都給我滾回來。」

這句話明顯不是對我們說的，我還沒看撂話的對象是誰，周邊景色一扭，瞬間轉爲黑色的空間扭曲畫面。

……

……

啊，靠了。

我扶著阿斯利安，沒在陣法裡發現第四個人。

剛把哈維恩哄回老家，下秒我就把西穆德掉在醫療班了。

人生。

何處不打臉。

「嘶……」阿斯利安摀著腰側，那裡大概有未癒的傷口，不知道是不是被剛剛的力量壓出問題。不過他開口反倒與傷勢無關：「我沒有向醫療班請假。」

「……」

我，瑟瑟發抖，抱著最後一絲期待看著這位新晉黑袍。「阿利學長你出來逛花園時有告知治療士嗎？」他那麼悠哉大方地堵了哈維恩，完全沒有偷逃出來的心虛模樣，應該是經過許可的吧！

「沒有呢，嘿嘿。」阿斯利安一眨眼，露出無辜的笑容。

……吸氣、吐氣、別用力。

忍住爆出的青筋，我不去想這次鍋算誰的，也不去想醫療班會不會又記我一筆誘拐傷患逃院。

——你他媽就不能好好走流程知會一下治療士要出來逛街嗎！

我靠——！

「生命的旅程便是如此突然，這是命運降臨的小小轉彎，我們只要愉快地享受這有趣的意外就好。」阿斯利安反過來安慰我，然而我現在就只想用力掐住他優美好看的脖子。

媽蛋，我就不該相信這裡還有正常人！

指引個屁迷途的狩人，你果然也是輛地獄列車吧！

在我努力壓抑住不斷浮出來想殺人的黑暗念頭時，周邊景物逐漸出現清晰的輪廓與綠意盎然的乾淨空氣。

最終，在我們面前的是座偌大的花園別墅。不該用偌大，而是很巨大，超大的豪華別墅和巨型庭院，圍牆內外甚至種滿說不出名字、但看上去很高級的樹木和花草，一眼望去全是濃厚的金錢氣息。

「末闕・羅耶伊亞。」

站在超高級別墅前的高大男人冷淡地開口：「羅耶伊亞家族副首領、家主長子。」

「褚、褚冥漾。」被對方的氣勢震得回以自我介紹，過了幾秒我才驚覺這男人說了什麼。

長子？

！

「你是、是西瑞的……」我抖了兩抖，意識到我可能搞錯剛剛那場對峙的原因，難怪阿法帝斯他們沒有介入，九瀾和西瑞看起來會那麼緊張、不是他們平常該有的囂張，敢情人家是在處理家務事？

「大哥。」男人的重低音丟過來兩個字。

「呃、你們長得還眞不一樣……」講完就想順手往自己搧一巴掌，不過他們兄弟三人眞的都長得不同，可能各自像各自的母親之類的吧。

對我的話不予置評，男人沒接話題，只是指指充滿錢味的別墅，「先待在這裡，我必須把你們暫鎖起來，不然那兩個混帳東西會偷懶逃避守擂，至少三日，請見諒。」

這話聽起來好像哪裡不對，而且沒給我們選擇的餘地。

另外我想起來，這就是給我一屜金塊的那個人啊……怎麼好像也不太意外這舉動，但是這已經是綁架了吧！

爲什麼你們兄弟鬩牆要綁我這個毫無關係的外人以及旁邊路過的狩人？

講點道理啊！

※

西瑞的大哥把我們扔在豪華別墅後又匆匆地離開。

這位頂級殺手離去前刻意具體展示了包裹整座花園別墅的層層結界與術法，讓我們完全明白這裡的銅牆鐵壁，以及他要防堵西瑞和九瀾闖進來，或者我們兩人闖出去的決心。

「硬闖可能不死也去掉半條命。」阿斯利安花了一小段時間沿著圍牆繞了整個別墅範圍一圈，給我結論：「殺手一族的術法果然不能小覷，我想我們還是乖乖做客比較好，畢竟那位大哥對我們並沒有殺意。」

「……我們應該也沒有選擇吧。」揉著有點頭痛的腦袋。我覺得就算我們逃出去吧，外面肯定也會有一海票殺手等著堵我們，何必吃力不討好呢，乖乖等救援或是等人來放了。

我們兩人很快達成一致共識，二話不說同時扭頭往別墅走。

一踏進玄關才發現西瑞他哥除了抓人粗暴點以外，替肉票準備的待遇居然很好，光站在大門口就聞到很香的食物氣息，玄關到走廊的周邊擺設也都很精緻，並不是隨便找一個破爛別墅把我們塞進去，而是精心選了很好的別墅讓我們暫住，光是這點我就覺得可以加分。

「客人好。」

走進大廳時，一個不太像人、有點可愛和略電子的聲音傳來，然後我就看見了一尊半人高的……機器人，捧著手，恭恭敬敬地等著我們。

機器人整體淡金，腦袋是狐狸造型，穿著一套管家制服，弧度有點圓滾滾的十分奢華討喜，是很容易吸引女性和小孩的類型。

「眞意外會在這裡看見管家機器人。」阿斯利安在狐狸機器人前方蹲下，很好奇地伸出手指在金屬軀體上戳幾下。「沒想到殺手一族會使用這類物品。」

「否定，在下『戰國』，西瑞主人所有，被卑鄙的殺手末闕強迫擄來招待西瑞主人的朋友。」小機器人一板一眼地反駁阿斯利安剛剛的話。

……大哥抓人一條龍啊，抓朋友順便把弟弟的機器人都抓來招待弟弟的朋友。

不過這金色機器人果然很有西瑞的風格，該不會就是因爲看它閃閃發光才弄回來的吧？

我蹲下來盯著機器人，機器人也盯著我們兩個，最後小眼睛放在我身上，再次發出聲音：「確認，褚冥漾，主人的朋友，歡迎光臨，須要爲您開放卡拉ＯＫ功能嗎？在下有無限歡唱服務，目前隨機推薦歌曲〈山頂黑狗兄〉。」

「別，不要開放，不要推薦。」一聽見這熟悉的歌名，我立刻喊卡，避免這機器人聽不懂人話眞的放出來。按照西瑞的設定眞的很有可能，於是我連忙找其他事情開口：「有醫療設備嗎？先幫忙檢查阿利學長的傷勢狀況。」

按照我對機器人的印象猜想，應該是先來個全體掃描，然後功能性極高地列出完整傷勢和治療方針什麼的，動漫和電影都這樣演，西瑞就算把這機器人亂設定，大概不會差到哪裡去。

機器人果然腦袋一轉，朝向旁邊的阿斯利安，所有事情就發生在這個眨眼剎那之間。

——布料撕裂的聲音華麗麗地傳來。

阿斯利安可能沒有想到機器人會二話不說直接暴力撕他的衣服，竟然沒在第一時間反應過來，我們倆就這樣眼睜睜看著小機器人雙手一揮，把阿斯利安撕了個半裸。

「……？」阿斯利安愣了兩秒，擺出摀著胸口的經典姿勢往後倒退。

「等等等等等——！」我攔住要撲上去繼續辣手摧殘狩人的機器人，「你幹嘛！」

「報告，戰國沒有醫療機制，必須使用肉眼檢查。」機器人頂著我往阿斯利安的方向逼近。

你媽的肉眼！你才沒有肉眼！

「終止！終止檢查！」還好機器人算聽話，眞的停下來，沒把我繼續頂出去，我沒好氣地往後一坐，覺得小腿都在發抖，這機器人矮歸矮，力量有夠大，剛剛差點把我的腳往後對折。

「你還有什麼功能？」

「歡唱無限、追劇無限、美食無限！」小機器人高舉雙手，上半身歡樂地轉了兩個圈圈。

「戰國與您永遠歡樂一起。」

原來你是娛樂用機器人啊靠！

大哥要綁怎麼不綁一個正常一點的機器人！

「其實這樣也不錯，可以打發兩、三天時間。」阿斯利安取出新的外衣和一些隨身藥物，鎮定地把被撕碎的上衣更換下來。

所以我們眞的要在這裡擺爛三天嗎？

「我有點擔心西瑞他們，不知道外面現在怎樣。」我嘆了口氣，沒說出口的是我更擔心被丟到天邊的血靈，等他通知哈維恩之後，外界會發生什麼恐怖的事情？光想想就秒打了個冷顫，並且可以感受到從沉默森林傳來的怨氣。

「報告，在下可開通觀看外界影像的功能。」小機器人見縫插針地快速答話。

「可以看到多少？」我馬上回頭問這怪東西。

「卑鄙的殺手末闕安裝了幾個飄浮鏡頭，在下可連結到相應區域的影像，包括主人在內的五大擂台。」小機器人繼續轉圈圈。

五大擂台？

我一臉疑問，感覺好像和西瑞之前說的擂台不是同個東西，只好詢問旁邊的阿斯利安，幸好他還眞的知道一點，思考了片刻後幫我解惑。

「羅耶伊亞家族是地下世界領頭的殺手一族，聯合大會的祭典雖說宴請各地朋友，但地下世界並不會守規則，從試煉大會消息放出那天開始，各地的暗殺和決鬥會利用各種方式闖入，也就是說他們會有一段爲時不短的戰鬥期。」阿斯利安站起身，拍拍膝蓋上的灰塵，走到客廳裡那張柔軟的大沙發上坐下。「但五大擂……我印象並不在聯合大會的挑戰內。」

「因爲卑鄙的殺手末闕要推翻家主啦，前陣子他一直在打敗擁護家主的各個勢力，按規定他可以啓動最後的五擂，七日內帶著支持者挑戰家主最信賴的手下，五大擂擊敗過半，並且也打退其他的挑戰者與守滿三日沒被打敗後，卑鄙的殺手末闕就可以挑戰家主地位。」小機器人轉圈圈地替我們解答。

……

推翻？

大哥挑在試煉大會和祭典前夕順便要逼宮篡位？

這麼精采的嗎？

所以他逼西瑞和九瀾回來，是打算讓他們一起逼宮？

這輩子還是第一次這麼近距離觀賞篡奪皇位大戲。

「確實，羅耶伊亞家族以實力爲尊，如果家主的手下全都失敗，那就代表他的得意戰力不足以讓殺手們信服，必須強制接受新血們的挑戰。」阿斯利安拿起桌上的點心盤遞給我，儼然已經開啓度假模式，整個人放得比我還鬆。

「大哥選的挑戰人選是誰啊？除了西瑞和九瀾以外。」我接過盤子，咬起裡面的點心，不得不說還眞的好吃，尤其是點心都特意做成一口樣式，相當方便。

「還有大小姐，另一個空缺喔。」小機器人說道。

空缺？

大小姐？

等等，這樣人選不就幾乎是他們自己的兄弟姊妹嗎？所以他們是兄弟姊妹要聯合把他們老子幹下皇位？

歷代皇位不是都兄弟姊妹自相殘殺血洗所有的繼承人嗎？爲什麼到了這邊變成兄弟姊妹一起殘殺他們老杯？

那麼空缺的一人之所以沒有遞補，是因爲六羅已經無法前來的關係？他們寧願不遞補其他人選、浪費掉那個機會，也要把六羅的位置空下來嗎？

想想一個老子被他的所有親生子女圍毆，那場面眞是……聞者心酸、見者落淚啊。他們到底是對他們的老子有多大的怨念？要在眾目睽睽之下完成逼宮？

殺手的世界我不懂。

怕爆。

小機器人幫我們把別墅房間裡正在飄浮的影像球都拿到客廳，它本身雖然有投影功能，不過有影像球輔助更好，還能一邊連遊戲玩樂，或者邊看打架邊唱卡拉ＯＫ，當然後面這個附帶功能我暫時沒打算使用。

跟著小機器人逛別墅房間時，我和阿斯利安也快速地把別墅內部探查過一輪。

首先可以確定的是有超多的零食，不知道基於什麼原因，我們找到足足三間塞滿各種零食飲料的貯藏室，然後塞滿各種海鮮與肉類的冷凍庫三間，蔬菜水果冷藏室三間，米麵雜糧等等的乾物三間……這是要把我們關半年嗎？食物量到底是怎麼回事？就算阿斯利安吃很多好了，三天也吃不掉這麼多吧！

接著我打開一間貼著我名字的臥房，我想屋主應該是要我用這間，然後我看見了非常可怕的金光，閃閃發亮的床鋪與床鋪下面有各種亮晶晶的大小寶物。

我深沉地覺得大哥一定搞錯了什麼。

是在布置龍的巢穴嗎！

為什麼床是金做的！我是愛黃金沒錯，但是我並不想睡黃金做的床啊！

而且這個打擊在看見阿斯利安正常到爆的房間後更加深了，阿斯利安看著我那閃閃發亮的客房時眼神都不對了，整個人欲言又止地對著我一會兒沒說什麼，但表情就是「無論你喜歡什麼我都尊重你」的反應。

名聲遭害，二度。

現在我就想知道西瑞平常到底是怎麼在他的兄弟姊妹們面前形容我，還有我想往他臉上打一拳。

垃圾朋友誤我一生。

按著陣陣發痛的胃部回到客廳，小機器人已把七、八顆大大小小的影像球連接好了，正在與外界訊號對接，還順便給我們爆了兩桶爆米花，服務態度極佳。把一桶爆米花遞給阿斯利安，我發現桌面上多出一本厚重的書籍，精裝那種歷史書本，拿來砸人人會死，一看就是悠久古老。

書的封面上貼了一張紙條，端正的筆跡寫著：疑似相關事件？

阿斯利安按著封面上的文字，「這是舊獸王族語，我來翻譯吧。」

雖然在課堂學習過，不過這種舊語言實在讓我有點棘手，目前程度大概就在簡單的單字而已，當然得讓專業的來翻譯。

把書送過來的人很貼心，在他想讓我們看的部分貼好標示，以及一些註解，這些小紙條是通用語，我可以看得懂。

「白楊鎮調查報告，調查時間於三百年前，因當時任務需要，由蕾妮・羅耶伊亞，就該年所得現有資料、傳聞重新整理，並記述在家族的重要任務總錄，以供後人參考。」我唸完字條上的註解，留意到這字跡和客房上貼著的我們的名字一模一樣。

「白楊鎮調查報告。」阿斯利安點點頭，已經翻到記錄頁，指尖按著上頭的文字，開始唸下去：「我爲了暗殺任務需求——」

白楊鎮調查報告（一）

調查者：蕾妮・羅耶伊亞

我爲了暗殺任務需求，調查一起推測發生於八百多年前的怪異事件。

此任務的雇主要求暗殺一名位高權重的大祭司並取得一項重要情報。

然而潛伏過程生變，意外發現大祭司與黑色種族有勾結，預計將獻祭該城市約十三萬全體居民的性命及靈魂，最終目的不明；當地逃出的騎士團員送出一份已毀損資料，因公會介入，我無法探得詳細內容，僅捕捉到幾個出現於上面的文字。

「白楊鎮」、「生命之石復育計畫」、「伏水」、「永生」。

生命之石相關情報請見附註頁，羅耶伊亞家族曾在黑市大量收集過相關訊息，不再贅述。

令我在意的是「白楊鎮」。

自由世界中有許多白楊鎮，然而值得一提的是八百三十六年前曾在羽族私下口耳相傳的一處小鎮，這也是令我高度懷疑該文書資料中所提的應是此處；因此我調閱並走訪許多舊地實際考察現有能得的歷史情報，盡力拼湊出稍模糊的過往，佐證資料附在文末，可交互查閱。

白楊鎮，妖精與人類共組城鎮，座落肥沃的朵莉瑪平原大地，背靠西北群山。

發展時期人口總數推估至少四萬，以人類爲主，與妖精們共同信奉該處傳說的大地女神、四季女神、農業女神。

城鎮主要經濟發展爲農業、織錦製造，彼時爲新興城鎮，然而建立僅僅二十年便有顯著的人口成長，預計將能擴展爲城市級規模。

然而就在帶領居民的鎮長準備進一步擴張土地時，在東向的地底處開挖出「無法形容」的物件，當時被居民們冠以「即使用言語描述都會被詛咒」，由此可見恐怖程度並不一般。

妖精們流下了許多鮮血才將該物重新封印，同時向千里外的羽族、精靈族發出求救。

不巧的是那年戰爭爆發，各大種族被不一的邪惡捲入戰火，數日後羽族終於派出探索部隊前往城鎮了解狀況時，發現白楊鎮竟已無一活口，且留存的屍體殘軀相當少。探索部隊收集並檢視這些屍體，發現老化程度相當嚴重。

詭異的是，血肉老化與骨齡並不相同，萎縮程度較緩的骨骼顯示屍體應是年輕鮮活的生命，血肉卻呈現垂暮之貌，表示這些屍體的血肉極大可能是短時間內快速失去生命力，因此骨骼跟不上急速變化，才留下此死亡特徵。

探索部隊認爲此處應是受到邪惡襲擊，使用了駭人的生命奪取術法。

然而戰火頻傳，各地皆有邪祟遊走，城鎮遭屠之事經常發生，無法立即鎖定是何等勢力揮下的屠刀。探索部隊攜帶屍體回報羽族，數日後羽族派出術師部隊重回事發城鎮，卻發現城鎮已經遭毀，大火燃盡一切，地底的詛咒不明消失，再無法尋得更多線索，此事就此走入無法解謎的微小歷史，羽族如此記載——隱沒在戰火中、悲慘化爲塵埃的幽魂城鎮。

八百多年後，「白楊鎮」在任務事件中再次出現，我並不認爲是巧合。

追蹤逃竄的黑色種族並順利捕捉到其中兩名，幾番拷打後才從那兩人口中挖掘出他們需要大量的生命，且附近還有一些小鄉村已開始進行獻祭。通知公會後我先行前往調查，果然發現七處小村內的人們都出現詭異的老化狀態，但人們似乎沒有察覺到異變，後續公會開始介入。

我比對了七村的老化異況，認爲與八百年前白楊鎮殘存的屍體高度相似，比對數據記錄在文末，僅供參考。

撰寫此篇報告時，墮落的大祭司在牢獄中異化成鬼族，引發了一場鬼族襲擊。

雇主需要的情報還未完全，我將進一步搜索白楊鎮故地，希望能發掘出當時地底那不可說出口的異物爲何，以及更詳細的災厄眞相。

參考文獻與情報如下……

……

……

阿斯利安的指尖停在最後一頁的註解便條紙上。

「蕾妮．羅耶伊亞在完成此篇初步報告後的第二週，與其任務聯絡人、雇主被發現陳屍在鹿步荒野的星神廟廢墟，三人屍體並不完整，遭到非人的破壞與肢解，至今追查不到凶手。」

第六話　五擂

阿斯利安唸完報告後，我們兩個有一小段時間沒開口。

伏水的生命之石在青幽族事件後，其實已經可以確定某些有心人在試圖復原那種東西，並把它運用在不是救人的負面用途上，但乍然聽見曾經有過的案例時，還是會打從心底覺得這些人、這群人，甚至是一整個種族集體去弄死那麼多活生生的一般百姓，那種心態使人膽寒。

「所以那三名『女性』是你們。」

先打破寂靜的是阿斯利安，開口就是讓我驚悚的結論。

狩人彷彿在說什麼天氣真好該去野餐之類的話，手指順著又翻了兩頁，後面是其他重大事件的記錄，內容與我要尋找的事情無關。「負責青幽族的黑袍團隊丟失了重要任務品，黑袍大廳都已經掛出清查和懸賞了，你們要小心點，被逮住可不是開玩笑。」

「……我會小心。」居然看到調查就可以猜到是我們，該不會我們其實都快被公會鎖定了吧靠杯，有那麼明顯嗎？

「我不會說出去，畢竟在休假中，在此期間什麼都不知道。」阿斯利安微笑著拍拍自己的便服，說出每個袍級裝死時都會用到的藉口。「雖然略有耳聞也看過懸賞內容，不過你們究竟是碰到什麼呢？有點難想像哈維恩會扮女裝啊……」

「不不，不是他。」我連忙搖搖手，先替不在場的哈維恩洗清女裝嫌疑，以免哪天阿斯利安突然問哈維恩女裝感想，然後我就會被夜妖精捏死。「他逃很快。」接著，我先明說西瑞的工作內容不方便透露，只能告訴他青幽族那邊發生的異狀與進入實驗區之後發生的事情，最後是那顆石頭被魔龍吃掉，現在就算我想要給公會也沒辦法了。

阿斯利安聽完沉默了一會兒，若有所思地開口：「聽你說那邊有山脈和原野，那麼應該有我們的族人，很可能有其他情報，等從這裡出去之後我幫你詢問看看。另外白楊鎮雖然是千多年前的事情，但說不定當時的族人也有相應的情報，畢竟從後面附上的各地搜索看來，裡面多多少少有旅人們的口耳流傳，那便有相當大的機率會傳進當時狩人們的耳中。」

「可以嗎？」這就很意外了，沒想到他會主動幫忙。

「可以啊，反正看起來很有意思。」阿斯利安愉快地點點頭，好像發現什麼很好玩的事，這躍躍欲試的表情讓我眼皮跳了一下，總感覺疑似啓動了什麼奇怪的開頭。在我有點不安時，這位黑袍又翻看了幾頁殺手家族的記錄書，之後有點遺憾不能隨便複製，暫時把書本合上。

差不多這時，客廳內所有影像球都投射出了完整清晰的縮小立體影像，簡直就像在看小型現場，每處畫面都可以自由選擇聲音大小或關閉，避免影響主要影像，小機器人轉了兩圈，站在一邊等待誇獎。

我朝小機器人比了記大拇指誇讚兩句，快速查詢已開啓的十個立體畫面。當中有五個明顯是巨大的擂台——眞的就是擂台，很典型的那種平面耐砸石製大擂台，周圍有些凶獸的華麗裝飾與巨柱，圍繞著戰鬥台的是眾多觀眾席，幾乎全坐滿人，四個擂台上都有守擂者，僅有一個空下來。

「第一擂台，原本是家主的心腹、也是第一高手。」小機器人規規矩矩地替我們介紹那個空下來的擂台。

所以說心腹跑去哪了？

「卑鄙的傢伙把家主心腹與其手下勢力清除光後，連續打趴十幾個家族上來挑戰的高手，因爲過程很凶殘，目前沒人敢繼續挑戰，所以卑鄙的傢伙才能保留挑戰權四處亂跑，把你們綁架到這裡。」小機器人解釋道。

……

……？

所以大哥是打到沒人敢上來之後就自動放假出來逮人？

這是打得多慘烈才沒人敢挑戰他？

我看著乾乾淨淨的大擂台，總覺得那上面發生過須要打上巨量馬賽克的恐怖案件。

第二個擂台上坐著一名通身漆黑服飾的女性，覆蓋著黑色長頭紗與面紗，看不出來面目。沒錯，她眞的坐著，還是很豪氣的那種高級座椅，整個人大大方方地斜靠在靠墊上，手上正翻閱著書籍。

這打扮乍看讓我想起我認識的另外一人，不過這名女性的服裝黑雖黑，精緻的刺繡花紋與蕾絲、裝飾寶石卻很多，十足奢華美麗。

「這是大小姐，已經守好幾天了，本來也有很多人挑戰，現在只剩下頭鐵的人敢上去。」小機器人說著話的同時，有個高大的中年男性走上去，因爲畫面被靜音，只看到男人自顧自地說了一會兒話之後，掏出巨大的雙面斧往女性劈去。

基本上我完全沒有看見場上發生什麼事情，翻書的女性甚至沒有移動，挑戰者就突然變成碎塊……字面上的碎塊，場地上瞬間只剩一堆肉塊。

幸好畫面不大，不然我大概得把剛剛吃下去的爆米花噴出來。

翻著書本的黑衣女性根本沒抬眼去看挑戰者，好像很無聊般抬起右手隨意一揮，暗紅色的火焰捲上肉堆，眨眼連灰都不剩。

我突然感到西瑞上面的兄姊都是不能招惹的人物，一個守到沒人敢上去挑戰，一個已經呈現無聊消遣狀態，這表示剩下只要再守贏一擂，他們老爸根本妥妥地要被拉出來被挑戰啊。

所以大哥很有把握可以打贏家主嗎？

說起來，他剛剛確實自我介紹他是副首領──怎麼感覺好像不是他們爹心甘情願賦予的位子呢。

實力爲尊的世界果然危險。

第三、四、五都是陌生人，小機器人說這些都還是家主的心腹，同樣是羅耶伊亞家排名的高手、老牌頂級殺手。

守擂守七天的前提下，西瑞竟然還落跑出去，然後又把任務問題丟給大哥他們去處理嗎？

這是什麼要命的弟弟？

你竟然好意思不回來幫忙打？

我如果是你哥就把你原地搥成雞米花！

無言地去看剩下的影像畫面，果然在其中一個看見回到家族的西瑞和九瀾，似乎剛轉回家族內，有名約莫二十多歲、一臉斯文秀氣、穿著正裝的青年被西瑞擋住。

「臭老大呢！」西瑞氣沖沖地扠著手，盯著面前的人。

「副首領還有公務，正在忙。」青年並沒有因為面對西瑞或九瀾表現出害怕被挖內臟的樣子，反而有禮客氣地回答：「副首領說如果你想認領友人，就先把你們該盡的義務辦好，也就是取下並守完療、戰兩堂的擂。」

「吠，不是說了本大爺浪跡天涯一把刀，那啥啥大權你們自己去拿，你明明是臭老大的心腹，上去是理所當然的事情吧。」西瑞伸出手用力戳青年的肩膀，凶惡地說道：「大爺就不信你們拿不下來，區區幾個老頭子，幹掉就好了。」

青年也沒生氣，還是很有禮地微笑，眼也不眨地使用了可能會被打的字句：「副首領說了，因為你們兩位太廢物沒有其他助益，如果我們上去，你們會看著副首領取得家主之位後徹底擺爛，簡直如同躺贏的蛀蟲，所以至少在挑戰擂台期間，你們要幫忙貢獻力量，畢竟兩位也只剩這個優點可在所有家族面前證明實力了。」

「屁！大爺明明還有其他優點！」西瑞大怒。

「喔，例如我手上正在總整的帳目嗎。」青年笑著舉起手邊夾著的厚重書冊，「副首領挑戰家主後，即使打贏也得花費時間鞏固並讓其他附屬家族絕對臣服，我正在計算從所有家族偷出來的最後核心帳目，準備在改朝換代時給他們致命一擊，令他們連反抗的話都說不出來，只能跪求我們高抬貴手，既然這麼有心，我很榮幸看見兩位展露從不示人的統整優點，也很樂意用這個工作與你們交換守擂呢。」

「……」

「……」

西瑞和九瀾同時沉默。

「你們總不會眞的想坐享副首領的辛苦功績吧，副首領都讓你們在外頭玩好幾天了，只剩最後三天已經很輕鬆了。」青年拍拍西瑞的肩膀，友善誠懇地說：「畢竟副首領爲了你們先前的各種任性，最後做出要直接推翻首領、重新訂立規矩的決定呢，如果兩位連區區力量都不願意付出的話，嗯……我想其他人也不能說什麼啦，畢竟我們都已經把鍘刀懸在其他人的脖子上，他們大概不敢說什麼。」

「……」

「……」

鏡頭外，看著九瀾他們難得吃癟，我突然有種這青年不能得罪的感覺。

但他說的確實沒錯就是，光用膝蓋想也可以知道九瀾和西瑞肯定經常都在做可怕的事情，尤其是九瀾連自家人都切的癲狂狀態，如果不是因為他們夠強、後台過硬，恐怕早就投胎很多次了。

這麼一想我突然有點同情大哥，收拾爛攤子收到決定推翻首領到底是多麼痛的領悟。

「我覺得我們還是乖乖配合大哥好了，他好像都是被逼出來的。」嚼著爆米花，我打從心底認為應該好好當個不惹事的乖巧人質，大哥甚至在這麼忙的時期還記得把調查報告給我們呢！人真好！

「嗯……」阿斯利安點點頭，很同意我的想法。

另一邊，西瑞和九瀾明顯已被青年嗆得無話可說，兩人只能轉身前往各自的擂台，西瑞還記得扭頭回來喊一句：「本大爺的僕人你們要照顧好！缺毛少角大爺就讓你們缺手缺腳！」

「請放心，我們有好好地招待客人，送上的全都是客人喜歡的物品。」青年揮揮手。

不，那不是我喜歡的物品！

呃……也不是說不喜歡，但是我不想睡在一堆寶藏裡的黃金床上啊！

阿斯利安再度用那種「一切我都明白」的視線看過來，然後嚼起爆米花。

※

「羅耶伊亞家族的本家一共有五個掌管的門堂，類似所有部門的頭頭那意思。」小機器人在桌面上投影出文字，然後短手敲敲上面，表示重點。「刑首、天門、命療、金鑰、戰火。依序就是掌管全族賞罰生死、情報與發派任務、醫療藥物、金流與資源、戰鬥部隊，這五個總部門通常都是由家主心腹管理，差不多就是全族的命脈了，如果有人想要管理相應的門堂，按照規定要去挑戰或暗殺對方，從下打到上，一路把人幹掉、打到無人可打的時候，就可以奪得堂主地位。」

……果然還是武力定勝負啊。

聽起來好像古代的江湖門派啊，不過這樣眞的沒問題嗎？如果只是武力很強但沒大腦怎麼辦？

「我想居於上位者必定有處理只有武力極強者的辦法。」阿斯利安聽到我的疑問，笑笑地回答，「不見血的排除掉這種威脅也是主管們的實力之一。」

這麼說也是，一個領頭的人多得是辦法消抹威脅。

「所以要幹掉家主就要先幹掉他下面五個最大部門，即使沒有全拿下也至少要取代一半，這是確保新家主不會一上位馬上就被五堂連手反殺的保險，後來就發展成現在的五擂。」小機器人頓了頓，說道：「另一個原因就是很多代之前發生過一次推翻家主的慘痛流血事故，那時候還沒有五擂，新勢力從底層與旁系、附屬家族開始殺上去，把家主推翻之後下面的族人也死得差不多了，整族元氣大傷還被外敵攻入，最終那代家主變成歷屆最窮困的一代，人才凋零、物資缺乏，舊部不服管教，建築物和土地被敵人燒燬大半，三不五時還鬧飢荒，爲了避免這種差點滅族的慘案再度發生，才訂立了擂台挑戰的規矩。」

這是什麼全族差點變成歷史的鬼故事？

該說不愧是西瑞祖先嗎，聽起來完全就是他們會發生的事。

在我們了解這家族奇妙的發展歷史時，另端的九瀾與西瑞也到達各自的擂台邊。原先因爲沒人挑戰變得比較安靜、無人的兩處觀眾席發出陣陣喧囂，一抹抹影像慢慢出現在位子上，來的大多不是眞人本體，而是扁平的影像，仔細一看，其實幾個擂台邊的觀眾席大多如此，幾乎八、九成都非本人，可能是怕被捲入戰鬥，或是看戲看著看著就被人暗殺掉，總之實際到場的很少，但並不妨礙他們觀戰順便發出陣陣呼喝聲。

「是說這樣西瑞不會比較吃力嗎？」熊熊想起幾個擂台上的人代表的部門，我這才驚覺西瑞對上的是戰鬥部隊的頭頭，那不就比其他四處還要來得難打？

「你太年輕了少年。」小機器人很人性化地發出欠揍的嘖嘖聲：「刑首為了逮犯人必須具備能抓獲高等級獵物的能力；發派任務和管理情報的為了要取得無人可知的訊息得具備進入最高危險區域的能力；療傷的經常碰到不配合的傷病患所以必須要有反幹掉他們的能力；金庫資源怕被搶就更得有比別人強悍的能力啦。所以總結起來，只有肌肉的戰鬥部門……嗤。」

……雖然你沒有表情，但是我覺得你很鄙視戰鬥部門。

戰鬥部門就沒有具備殺掉大部分對手的能力嗎喂！

在我糾結戰鬥部門是不是最弱的同時，兩處擂台各自有了動靜。

悠悠哉哉進入會場的西瑞直接跳上擂台，在對手出現的瞬間頓了下，他對面是個幾乎有他三、四倍高大的壯漢，雖然是人類形態，但頭部五官與四肢卻偏向野獸，有點像獅或虎那種獵食性猛獸，身上還有幾處長出褐色毛皮，讓他看上去頗猙獰，比較像半獸人。

西瑞微微挑起眉，「呦，居然不是老頭們親自上場啊。」

「對付你這種小屁孩不用浪費時間。」壯漢冷笑了聲，瞧不起對方的神色完全展露在臉上。「換作末闕來，我們還比較看得上眼。」

「喔～」西瑞咧開笑，整個人變得很開心：「所以說，大爺可以不用敬老尊賢對吧？可以不用管大爺僕人說的不能隨便亂殺人對吧！」

用影像觀看的我突然後腦麻了下，說起來我有跟他說過要敬老尊賢嗎？

別以為我沒看見就可以亂說話啊！

不知道在心裡自我理解了什麼鬼，西瑞興致勃勃地踢掉夾腳拖，就這樣光著腳在擂台場地上踩來踩去。

擂台上並沒有裁判，也沒有所謂的評分員，我才注意到他們這種挑戰方式竟然很原始，只有在周遭布置了防禦結界避免波及到場外，場內無論打到死或是打到認輸都沒有人管理，沒有任何規矩，沒有任何責任，很顯然目的只有一個——留下強者。

進入擂台後，不論你是首領兒子也好、在家族裡多麼矜貴的天之驕子也好，踏入此處只有強者與弱者的分別，是生是死都交由贏家決定，不會有人干涉、也不能有人干涉。

意識到這點之後我瞬間起了一層雞皮疙瘩，有種很想去找西瑞的衝動，但我知道即使我人在現場，也沒有立場勸停。這和以前玩樂打鬧似的任務不同，沒有後悔的餘地，不能有後悔的想法，只能成為最後一個站著的人。

這是屬於他們殺手家族的戰鬥，西瑞比我還明白踏上去之後代表什麼。

「不過就是個連成年試煉都還沒過的小屁——」

壯漢的風涼話都還沒說完，一個拳頭直接揍到他臉上，速度快到我都沒有看見西瑞是什麼時候移動的。拳頭力量極大，一拳把半獸壯漢搥進擂台地面，整個擂台狠狠震動一下，檯面上裂開數道閃電似的痕跡。

把半個壯漢搥進擂台裡的西瑞一腳踩在對方背部，打了個哈欠，表情變得相當危險，雖然還是在笑，不過和平常逮我的笑容不同，是十足渴血的可怕微笑。

「下一位～」

將失去意識的對手踹到擂台下，西瑞大剌剌地咧出尖牙，「別上來太弱的，大爺還要看連續劇完結篇。」

這瞬間，我突然想起我這位同學可是腳踩鬼王、毫無懼怕跟著對戰過無數次邪惡勢力的傢伙。

嗯，我應該要對他有更強的信心。

同樣的事情也發生在九瀾那邊的擂台。

高大的壯漢剛放完話就被九瀾踹飛出台外，並且這位老兄手上還多了一個血淋淋的器官，他歪著腦袋捏了捏握著的東西，渾身發出一股失望的氣息。「明明拿了全身最好的那個部分，還是品質不佳、差強人意……唉，身爲治療成員，應該要好好照顧自己的身體啊。」

周圍的觀眾席突然陷入一片靜默，可能很多人瞬間回憶起那年器官被消失的恐怖回憶。

「你們還要上來好多人嗎？」九瀾收下器官，拿掉眼鏡撩開臉上的長髮，表情變得很期待，殘月一樣的笑越咧越大，連他周遭的空氣都開始旋轉扭曲。「越多越好，拜託了！觀眾席要打也可以，我來者不拒。」

觀眾席原本滿滿的影像瞬間少了大半，可能是怕臉被記住，完全能感受得出那大寫的ＮＯ飄滿整場。

不過觀眾可逃，被挑戰的勢力就逃不了了，只要他們的頭領沒出來，底下的人就要一直代表接受挑戰，直到最後頭領被擊敗爲止。

我想九瀾這邊打到一半還維持這種單方面壓倒性無限挖內臟模式的話，大概很快就會有人哭著求醫療這門的老大快點出來迎戰吧。

扣掉打得火熱的兩擂，大哥那邊依然空無一人，十之八九要等到最後一天高層放大絕；大小姐那邊偶爾會有人上去，接著重複先前的瞬間秒殺，看來是打消耗戰，同樣得等最後一天出現特強的人中斷他們的最後三日。

這樣一來，就剩下沒有派出人、刻意被剩下來的那個擂台了。

西瑞與九瀾的兩處比鬥一直到晚間，挑戰者才逐漸變少。

夕陽落下時，五個擂台邊倏地出現個巨大沙漏，裡面朱色的液體正一點一滴地往下掉落。

「這是最後倒數，如果第四擂再沒有派人上去，那麼後面即使有人遞補，也守不到三天，等於宣告放棄這處了。」端來香噴噴晚餐的小機器人將大盤烤雞放上桌面。

我轉過身，才發現小機器人居然布置好一桌菜色，除了烤雞外還有燉菜、牛排、濃湯等等……滿滿一桌，甚至炸物拼盤都不缺，完全不知道短短時間裡它是怎麼搞這桌出來，果然不愧是娛樂用機器人，有空眞應該問西瑞是哪裡弄來的，好買一台放家裡給我老媽玩。

「阿利學長呢？」接過小機器人遞來的水杯，我赫然驚覺原本在附近的阿斯利安不在了，整下午我的注意力都放在西瑞擂台上，他後來的對手越來越強，已經把擂台砸碎好幾次、又更換新擂台，看得我很緊張，完全沒有意識到周圍的變動。

「狩人兩小時前說想休息一下，等晚餐叫他。」小機器人有問有答地說：「戰國正要上去叫他。」

想休息？

因爲傷勢還沒恢復完全的關係嗎？

我總覺得有點不安，先前與阿斯利安、王子他們一起旅行時，阿斯利安在陌生環境下不會輕易休息，除非與王子他們輪值，應該說他們的警戒意識都很高，即使這裡是西瑞大哥設下層層保護和封閉的住所。

「你有辦法聯繫外面嗎？」看了看走廊方向，我詢問小機器人。

「可以直接連上卑鄙無恥的末闕。」小機器人還是很堅持要罵大哥，可能是受到主人的影響。

「請幫我帶話給末闕大哥，我留在這邊等西瑞沒關係，但希望他先把阿斯利安送回醫療班。」對方表現得太正常了，我幾乎快忘記他是受到異靈攻擊才重傷，既然哈維恩會因爲過度解讀黑暗被影響，那麼異靈的襲擊有這麼容易就被治癒嗎？尤其他身上還有以前邪惡造成的毒傷，並沒有完全淨除。

越想越覺得忐忑不安。

「傳達中。」小機器人停下動作，眼睛裡閃過幾絲光芒。

我想大概不會那麼快得到回覆，於是丟著小機器人，自己先快步衝上二樓，然後敲了阿斯利安的房門幾次。

沒有回應。

他不是會在這種地方熟睡的人。

「我開門囉。」按下門把，沒有鎖，爲了預防萬一我召出小飛碟，同時推開門。

房內一片寂靜。

與我的黃金床寶窟比起來，這間房眞是過度正常，猶如旅館般舒適的配置，連床被品質都很好，空氣裡還有股淡淡的木香，然而這時候看來，這些寧靜安詳的氣氛變得十分異常。

「阿利學長？」我看人躺在床上，直接爬上去搖動對方的肩膀，其實進來後我已經確定狀況不對了。

「是夢。」魔龍的幻影轉出來，一手按在阿斯利安的額頭上。「有東西在裡面。」

「有辦法把對方趕走嗎？」我抓過一顆小飛碟，讓對方快速吸收我的力量。

「暫時先別動他。」魔龍搖頭，收回手，「找個白色術法很強的過來，本尊看那玩意和他身上的毒素糾纏，用黑色力量拔他可能會有點後遺症。」

「我來吧。」米納斯出現在一邊，浮動的水珠慢慢將四周空氣洗淨。

正要退開地方讓兩個專業的來時，我聽見外面傳來聲響，主要是小機器人移動的聲音，但空氣裡有另外一股很強的壓迫力，明顯不屬於小機器人所有。

握住短槍時，對方也來到門口，看見西瑞大哥那張臉我便瞬間鬆懈下來。

這位擂台空著也沒有人敢前去挑戰的高大男人側開身，從門外拎進一團黑色的東……黑色的人，而且還是熟人。

「流越？」我超級訝異，根本沒有想到會在這裡遇到他。

「是你？」流越的公頻道傳來聲音，讓我突然懷念起之前亂跑的那幾天。

「你怎麼……？」轉向把人推進來的大哥，我想破頭都想不出來他們怎麼會有交集，畢竟流越不久前才被我們從孤島帶出來，後來一起行動了一陣子後被式青領回去，這麼短的時間裡他怎麼會和殺手家族有牽連？

「公會傳來消息……醫療班出現了異靈，我剛剛抵達醫療班，突然被這個人帶到這裡。」

流越的聲音雖然如往常平淡，不過顯然可以聽見裡面的疑惑。

「戰國傳來詢問，我認爲你們需要的不是治療師，而是術法強悍的人，我看一群人裡面，這位是最強的。」穿著正裝的男人給了我們解答。

所以剛剛發生的事情是：小機器人傳達我的詢問給大哥，然後大哥馬不停蹄地二度去醫療班，正好撞上剛到的流越，大哥就覺得「嗯，這是人選」，直接把人拎回來；而流越可能剛到醫療班總部還沒接觸到認識的人，就這樣一臉問號、毫無反抗地被大哥順手攜帶回來了嗎？

不要理所當然抓人和理所當然被抓啊！

雖然我覺得大哥判斷力很強，這點時間就能馬上鎖定流越這位大祭司，擄人一條龍的執行力眞不是蓋的。

「……我先看看那位？」似乎沒有打算追究自己莫名被綁來的事情，流越很快抓住房內的重點，在沒人告知他的狀況下筆直走到床邊，探手按住阿斯利安的眼角。

魔龍與米納斯清楚流越的能耐，於是雙雙回到手環內，讓羽族來處理異狀。

我往後退開，把空間讓給流越，扭頭發現大哥也靠過來，無溫的視線投向床鋪上的青年。

「阿斯利安以前被黑暗毒素創傷過，那邊的眼睛爲了壓制影響已經無法使用了。」我下意識解釋流越觸碰的地方，然後才後知後覺有點像在報告上級。男人的目光已經看過來，我僵硬地開口：「他這兩天剛被異靈重傷，還在醫療班療養……」

「是異靈沒錯。」流越坐在床邊，收回手。「相當微小，隱藏在殘留的毒素內，一般很難發現，不過負責調養的醫療班手法很好，加固了原本對毒素的抵禦術法，所以相對抗衡了隱藏的邪惡，因此才沒有嚴重爆發。」

「那現在是？」我看阿斯利安依然睡得很熟，雖然沒有掙扎，但這樣睡還是很嚇人。

「只是一點小影響，幸好才正開始，沒來得及腐蝕醫療班的保護，我能拔除。」流越伸手張開掌心，法杖瞬時出現在他的手上，微微散發著純淨的光澤，光點落到地面時立即張開一圈銀色法陣，交織纏繞的圖紋在空氣中隱隱飄浮，盪出似有若無的波紋。「兩位請暫時不要有動作，我一併替你們消除一些負面影響。」

我看著腳下的大陣法，辨認出是個高級醫療圖紋。

「這小東西看來水準恢復不少。」魔龍的聲音傳來，「反正開陣法或多或少都會散溢掉些能量，他把能量牽引到你們身上，順手做個小幅度的治療。」

還能這樣嗎？

先前好像沒看過？只看過他開全體治療之類的？

「可以，一般術法都會有能量散溢，多和少的區別而已，這時就看個人處理了。」魔龍乾脆在我腦袋裡開啓教學，「本尊身體還在時因爲很強不必特別控制，但想要還是能輕鬆做到，但這種輔助類的會比較難處理。上回這小東西還沒完全恢復，迎敵和輔助很大一部分是靠他『權杖』的力量，他本身狀況不好無法顧慮到散溢的能量，現在調養過、身體恢復不錯，就能引導散溢能量做二次使用……學著點啊弱雞，用得好的人可以把散溢能量規劃成第二柄利刃。」

精準控制的話，我可以百分之百很自豪告訴你，再練個一百年我恐怕還是不行！

「……」魔龍直接在我腦袋裡畫了六個點。

然後他就懶得理我，直接閉腦休息去。

流越的動作相當快，約莫兩、三分鐘後，他就從阿斯利安臉側取出一小團黑色的東西，看上去很像小石頭，有點堅硬，上面還流轉著混濁的灰綠色斑點。

隨著阿斯利安慢慢轉醒，銀色陣法也功成身退，在地板上逐漸消失。

這時我可以感覺身體變得比較舒服點，突然發現原來我身上還是有不少零零星星的小暗傷，難怪醫療班每次看到我們都一臉皺眉、認爲我們不服管教的表情。

「謝謝。」大哥很有禮貌地道謝，並拿出一包東西遞給流越。

等發現那包東西是一堆大大小小的糖果後我驚悚了下，不知該不該說出流越實際年齡可以當他幾十輩曾祖父了。大哥不曉得是不是因爲我們兩個認識，把流越也歸在我們同一輩，雖然他這身力量怎麼看都不可能年輕。

反倒是流越打開糖果袋後似乎有點好奇，拿出一袋跳跳糖，偏過腦袋，可能在試圖分辨這是什麼東西。

這時阿斯利安已完全清醒了，看著一房間的人，很快意識到自己出問題，我連忙把剛剛的狀況告訴他。

「麻煩您了。」阿斯利安起身朝流越道謝，順便幫他把跳跳糖拆開。

「我掃除了一些影響，如果還有什麼不舒服的可以直接說。」流越捧著糖果，一手搭在阿斯利安的手腕上，貌似做進一步診療。

「你要回醫療班嗎？」我想起羽族原本是要到醫療班。

流越安靜了幾秒，微微搖頭，「暫時在這裡也可，有異靈的東西我便能追蹤。而且這裡的結界不會妨礙我與外界聯繫，在哪裡都無所謂。」

我瞄了眼大哥，他表情沒什麼變，就連聽到眼前羽族沒把他層層結界看在眼裡都沒反應。可能他也有自覺困不住流越這種等級的人吧。

收回偷偷觀察的視線，我猛然驚見流越把跳跳糖塞到面紗下，想阻止已經來不及了。大祭司整個嗆到。

「請不要隨意餵食。」

離開房間後，趁著流越和阿斯利安先往客廳走，我壯膽小聲地告訴大哥，「流越近期才回到世界，很多常識還不太懂。」其實該說他對很多東西都感到新鮮，連雪都可以往嘴裡塞，要多留意，但我怕這樣講會激起大哥想搞點什麼事的想法。

大哥冷著一張隨時要讓人破產賣器官的暗黑霸總臉，沉默了幾秒才說：「知道了，那是從小五住所拿來的，我原本以爲你們比較習慣那些食品。」

……您老抓走西瑞的小機器人又搜刮他的零食嗎？

欸等等，小五是西瑞的小名嗎？

邊想著莫名感覺有點可愛，我邊走進客廳，阿斯利安已經坐在沙發上觀戰，流越則是坐在地上面對著小機器人，長寬的黑袍衣飾散了一地，可能正在觀察轉圈圈的機器人。

不知爲何大哥並沒有馬上離開，而是坐到單人沙發，姿態稍微有些放鬆，似乎是在休息。該不會他是工作中放風來這裡偷懶一下吧？

懷抱著疑問然而我不敢問出口，就默默地坐到阿斯利安旁邊，小心翼翼地挑了個話題：「謝謝您提供的調查報告。」

大哥嗯了聲，表示收到謝意。

「地下世界這邊還有其餘的生命之石情報嗎？」阿斯利安接過我倒給他的果汁，替我發出進一步的問題。

「有，小二還在整理。」大哥屈起手指抵著下巴，狹長的眼睛稍稍瞇起，某種危險的光芒在眼裡閃爍著。「等我們拿下所有管理權後，應該會更多。」

所以你們十足把握可以推翻你老爸了是吧？

我瞄了眼天黑後即使空著但仍在震懾各方的第一擂台與已經沒人上去的第二擂台，繼續爲羅耶伊亞家族的首領感到蛋疼。

一轉頭，我赫然看見大哥拿了一塊疑似薑餅人的東西遞給流越……叫你不要亂餵食你還繼續餵！是故意的吧！是不是想被打？

……算了我打不過。

桌上沒有薑餅人，所以那玩意從哪跑出來的？

我眼睜睜看著流越把薑餅人塞進去咬，這次沒噴出來，看樣子是正常的餅乾，我就沒去管他了，吃不死都沒事，吃出問題我就叫式青自己來這裡討公道。

「不過你們要放棄第四擂嗎？這樣之後管理轉交時會不會有問題？」其實就我看來，這個部門很重要，畢竟是金庫，其他幾個部門應該都脫離不了要用錢，不遞補人上去眞的可以嗎？

大哥並沒有回答我的疑問。

第四擂的影像喧鬧了起來，如果不是確定那邊聽不到我們這邊的聲音，還眞的有點像在刻意嗆聲。

只聽那裡傳來囂張的大笑，守擂的中年人挑釁似地大喊：「小屁孩們，分不出手了吧！就這點人？」

我雖然可以明白大哥可能想要全都讓自己手足來取代掉前一任，但是六羅畢竟已經……那樣了，他不遞補心腹拿下金庫這點，其實就一名要推翻前代首領的人來說不太實際。

雖說今天才第一次遇到大哥，但我欠了西瑞超級多人情，因此我鼓起勇氣，想了一些話打算勸勸大哥趕緊派出遞補人選。無論如何，改朝換代還是要抓穩人心，刻意空缺個部門不拿，以後人家會覺得這是弱點吧，搞不好就會被拿出來說嘴什麼的，貌似不太優。

正要開口之際，第四擂那邊的聲音很不自然地停頓了幾秒。

擂台邊的黑暗被切出一條裂縫，幽暗的身影從那裡頭走出來，雖然戴著斗篷帽，但來者的氣勢卻不容小覷，烏黑的單眼烏鴉笑了聲，從他的肩膀展開翅膀，起飛到高處，喬好位置預備看熱鬧。

踏上擂台前，來者準確無誤地朝我們這邊的鏡頭轉過頭，與九瀾相似的下半臉映入畫面，帶來淡淡的聲音：「如果不是水火妖魔大人們告知，我還不知道發生了五擂挑戰，你們是真的打算一點都不向我說嗎？」

坐在沙發上的大哥一點一點地，彎起唇，構成了相當不明顯的微笑。

彷彿要屠城的死亡笑容。

第七話　千萬分之一的可能性

六羅出事那年，沒多久就被羅耶伊亞家族定爲死亡人口。

即使後來在水火妖魔那邊發現，他還是沒有回到家族內，不論是基於身體原因或是個人意願，他都選擇留在妖魔們的身邊，近期慢慢替水火妖魔管理很多事務，有時候會讓我覺得水火妖魔搞不好某方面有點在遷就他。

例如現在。

單眼烏鴉在高處俯瞰擂台，周圍設置的各種術法對牠並沒有任何作用，牠正好就一半卡在擂台範圍內一半在外，完全沒有挪身體的意思。

「……他上去沒關係嗎？」我看向心情變得很好的大哥，也不知道他到底有沒有預計六羅會來，還是原本眞的就打算放棄第四擂。「他好像不算在羅耶伊亞家了……？」

「無礙，只要掛在我名下，任何人都可以代表我方勢力挑戰。」大哥再度恢復面無表情，難以猜測他的想法，不過目光死死注視著第四擂台。畫面那端，守擂者被光速打出擂台，引起一片譁然，被打飛的人在外面站起身，怒氣沖沖地問台上的是誰。

族長的第四子已經消失很久，加上他的打扮並沒有完全露出面容，沒被認出來算正常。

佇立在台上的六羅看來不打算自報家門，繼續把第二個挑戰者摃下台，不過相較起其他的兄姊弟，他並沒有對挑戰者們下殺手，只是全都統一掃下去，速度極快，遇到比較纏人的頂多打斷手腳丟下去，讓看出門道的挑戰者們前仆後繼地上來想消耗他的力氣。

多久可以磨累六羅呢？其實我也不太清楚，畢竟他是具屍偶，按照以前在沉默森林可以搞到擅戰的夜妖精們集體精神恐懼，恐怕持久力超乎那些挑戰者們的想像，況且單眼烏鴉在上，鬼曉得水火妖魔會不會在私底下偷作弊。

這樣一來，三個擂台都順利地打起來，目前看是還能夠快速擊退對手。不過要整整守滿三日的話，真正難關果然還是在最後吧。

大哥看了一會兒實況，便起身掉頭離開，應該是休息好了要回去工作，於是大別墅裡再度剩下我們。

我拿點食物準備塡肚子。

「爲什麼你們在找生命之石？」流越的公頻無預警響起，我和阿斯利安轉向他，坐在地上的羽族拍拍膝蓋站起來，漫步到半開的陽台邊，那邊有張大大的吊籃椅，他整個人窩進去，正好嵌在枕頭和軟墊裡。

「呃，這個……」我只好再把我們去青幽族開的副本口述一次。說起來，流越是四千多年前的人，應該更了解生命之石……啊等等，說不定我還可以私下問他那個黑色碎片是什麼？

流越聽完後，半躺在吊椅裡沉默了片刻，還無意識拿起一顆小抱枕放在手邊捏，過了一會兒才說道：「交由魔龍吞噬是對的，生命之石的製作很複雜，不是全心全意奉獻一切，聚集的只會是充滿怨恨的物品，這種力量無法拿來治癒生命，反而會讓承受者扭曲成異物，不如藉由吞食令這邪惡消失。」

「這我大概懂，奇怪的是連我多少都可以明白，爲啥那些人……青幽族，或是和邪惡合作的人，他們執意認爲可以重製出他們要的東西？」由調查報告可推測，至少千年以來都有人嘗試復甦生命之石，不過沒有成功案例，至少我們沒有聽聞過，那爲什麼還是不斷地在製作這幾乎不會成功的東西？

「生命總是愚蠢的吧。」阿斯利安嘆了口氣，支著下頷。「迷惘在荒野上的旅人永遠不會斷絕，我們雖然能替他們指引安全道路，可惜不願意行走的人仍然佔了大多數，狩人們經常會在出口邊緣發現旅人骸骨，一再重複。」

「爲什麼不走安全的路呢？」小機器人團團轉，搞不懂我們的討論。「不安全，排除，必須排除。」

「可能是因爲，很多人並不相信狩人的指引吧，畢竟我們有時候會小小惡作劇一番。」阿斯利安摸摸小機器人的頭頂，笑咪咪地說：「而且有時候冒險也是一種道路，我們無法認定走另外一條必定是錯誤的，或許在盡頭處有他命定的財寶呢，同理，許多人也是這種想法。」

「不安全，該排除，不懂，爲什麼？」小機器人轉了兩圈，發出一串雜音，看起來是處理不了太複雜的想法。

「你就當北七總是會有短路的時候，有的會修好有的會死機。」我隨便丟了一段話，小機器人很快安靜下來，不知道是不是在消化。

「如果你們有留下一點相關物品，或許我能嘗試追蹤。」流越繼續捏手邊的小抱枕，公頻傳來的聲音變得有點慵懶。「還有一顆，表示雙方會有聯繫。」

那顆東西已經被魔龍吃掉了，相關物品的話……

我掏出實驗室拿來裝石頭的盒子，「這個可以嗎？」

流越接過小盒子，翻看了一圈，「可以試試，我須要借用安靜房間。」

房間的話，我把他帶上二樓，結果羽族在龍的寶窟房前安靜了幾秒，掉頭走去阿斯利安的客房。

……我就知道不是只有我眼睛痛！

「主要是雜物太多會分心。」流越很體貼地給了我選擇阿斯利安房間的理由，雖然我覺得百分之百是藉口，他就是想讓我內心安慰一點。

我只好請他幫我傳個訊給哈維恩和西穆德，以免他們在外面擔心，然後退出房間，把空間留給大祭司。

回到大廳，夜晚後擂台挑戰的人變多了，不過還是持續著被打飛或是內臟消失之旅，看來還會這樣維持一段時間。

這時才想到，剛剛應該請流越幫我帶話給西瑞，要他好好加油不用顧慮我們。晚點上去再補吧，現在人家可能已經開始追蹤青幽族，還有那個異靈的石頭。

我看向阿斯利安，「你身體都還好嗎？」不是不信流越，但還是問一下比較讓人安心。

「嗯，而且眼睛的負擔比先前小多了。」阿斯利安按著眼尾，淡淡微笑，「讓你們擔心了，沒注意到被異靈動手腳眞是不好意思。」

「呃，異靈要下手也沒辦法，你們不是都說異靈很可怕嗎，幸好發現得及時。」說巧不巧地正好流越循線想去追查異靈，因此被大哥帶回來，不然阿斯利安在醫療班總部亂晃蕩時搞不好會爆出什麼更嚴重的症狀也說不定。「不過你夢到什麼？」

這句是隨口問的，清醒後不管是流越或大哥都沒問這件事，貌似盡在不言中，讓唯一不在言中的我有點好奇。

阿斯利安側過臉，看著我，眼神變得有些幽遠。「黑暗，只記得是一片無法視物的漆黑，有人拉住我不放。」

「就這樣？」他沒繼續說下去，我疑惑地接話。

「就這樣……唉，回去大概又要被王子殿下嘲諷是個沒用的黑袍了。」狩人聳聳肩，表示有點無奈地眨眨眼。「他先前很反對我升黑袍，現在又多個理由可以訓話。」

「咦？為什麼反對？」我有點意外，阿斯利安升為黑袍後雖然找大家出去慶祝，不過沒有講這部分的事情，還以為他哥和王子都會替他開心，搞不好之後就三人固定成團出任務什麼的，畢竟後來他和王子的緊張氣氛也改善很多。

「老樣子，還是認為我力量比他低，不適任，不該這麼早就獨立承接黑袍任務。」說到這個，阿斯利安就有點嘆息，「其實前陣子又吵了一次，我都快認為王子殿下迷途在我微薄的能力中，真希望他可以把眼睛轉向別的事物上。」

「或許你應該改變計畫，下次不要撞你哥，撞王子好了，逮他一次證明他也會敗在你手下。」我本來可以理解休狄是憂心阿斯利安的安全，但是每次都看他用諷刺表達他的關懷，我就覺得還是讓他撞個幾次牆好了。

死性不改欸！

阿斯利安微微瞇起眼睛，眞的沉思考慮了。

認眞地說，我覺得搞掉王子說不定還比搞掉他哥簡單多了，重點在於戴洛會防他弟，王子可不一定喔喔喔！

突然很期待聽到王子被卡車撞的消息。

※

那天夜裡我和阿斯利安還是睡在客廳了。

流越使用了阿斯利安的房間，我和阿斯利安都不想睡在寶窟房，其他客房沒有貼名條不好意思擅闖，最後我們各自選張沙發，擺好枕頭棉被，就著擂台的畫面短暫入眠。

要說熟睡是不可能，我大概幾十分鐘就驚醒一次，然後立即轉頭去看擂台上的情況，確認所有人都好好的，才又看著看著昏睡，整晚大概就是這樣度過，躺在旁邊的阿斯利安則是在我每次睜眼時瞬間跟著醒來，反應相當同步，顯示他也沒有熟睡。

翌日我頭暈腦脹地看著活蹦亂跳的狩人，打從心底不解平平都是熬夜的人，爲什麼他看起來還是如此有精神。

隨後我推開陽台的落地窗，被出現在外面的面孔嚇了一跳，毫無心理準備會看見血靈，應該說我的認知還在這裡被大哥設了各種結界，照理說血靈不會這麼快進來的範圍裡。

「流越帶他進來。」阿斯利安接過小機器人端來的早餐遞給我，順便說明血靈出現的原因。「清晨那時我在庭院正好遇到，他不肯進來屋內。」

血靈沒有發出任何被拋棄的怨語，還是本來平和的情緒，然後遞了一個背包給我：「哈維恩轉交給你。」

我瑟瑟發抖地收下背包，打開一看果然是些必備用品，包括符紙等物，還有一些居然是要給阿斯利安的藥物。

這夜妖精人在沉默森林裡，心整個操得如此遠。

等他出獄之後我又要糟。

招招手讓血靈進來屋裡，我順手把早餐拿給他，然後繼續觀看擂台畫面，經過一晚爭鬥，三邊擂台的挑戰者減少許多，西瑞和九瀾看上去狀態還不錯，同樣毫髮無損的六羅則是有一搭沒一搭地正在與單眼烏鴉說話，不過聽不見內容，可能被水火妖魔消音處理，外人無法聽見。

「羅耶伊亞家族的人確實都很強。」阿斯利安咬著蔬菜棒，發出敬佩：「雖然戰鬥方式皆不同，但都相當適合他們，有機會的話眞想好好比試看看。」

西瑞肯定會很開心你邀請他捉對廝殺。

「相較其他獸王族，傳說級的獸王族強度確實會更高。」

我們兩個轉過頭，看見流越走進客廳，羽族黑色手套上捏著昨晚我給他的盒子，樸素的小物品上現在有幾個小小陣法扣著，上頭流動的淡銀光正在不斷重複著散開、重組某種小圖形的狀態。「正在捉捕仿生命之石的相關物件位置，應該很快就有下落。」說著，他把小盒子交給一邊的血靈。

「……我有個實際問題。」盯著術法轉動的盒子，我問出了比較可怕的事情：「這個追蹤術是不是其他人也會？例如公會黑袍、還有公會黑袍之類的，如果我們按照位置跑過去，有多大的機率會撞上對方？」

「嗯，百分之百會撞上。」流越想也不想地回答我的提問，「我這幾日了解過你們現在新興的公會組織，裡面有許多古老種族與傳承，區區一個定位術，必定難不倒他們。」

喔好，那我就不去自找死路了。

要知道公會抄了那一大個實驗室，肯定會去追另外一顆的啊！眞跑過去一定撞在槍口，然後被那個不爽的黑袍折斷脖子和生命。

「弱雞，我想要另外一顆。」魔龍的聲音傳來。

不！你不想！

應該說，你別想！

我冷漠拒絕接聽魔龍的聲音，拿生命交換他的零食什麼的，北七才會做。

「異靈那邊呢？」讓西穆德保管好盒子，我順口問道。

流越拿出一顆巴掌大的術法球，層層疊疊的術法圓球裡包裹著那塊從阿斯利安身上弄下來的石頭，流動的符文轉變速度更快，跳動得有點厲害。「追蹤著，不過看樣子它正穿梭在時空夾縫，得聯絡時間種族與精靈族進行圍捕。」

看來不是我可以插手的範圍了。

「時間種族是重柳族那種嗎？」瞥了眼擂台畫面，還是在正常打鬥，或者說單方面捱打，我便開始慢慢吃起早餐和聊天。

「不，重柳族是主戰鬥的時間分族，我打算聯繫正統時族，或者術法系部族。」流越可能怕我們聽不懂，補充了句：「就像羽族的月守眾，對抗異靈會比較方便。」

每次遇到的都是重柳族，我很少聽見其他時間種族，讓我起了興趣，「時間種族的術法部族是……？」

「您指的如果是曙隱族，可能要失望了。」阿斯利安突然開口，表情略微複雜，「可能您最近回來不太清楚，但是隸屬時間種族的曙隱族其實早在孤島淪陷後沒多久就被滅亡，原因不明，有一說是黑色種族動的手，也有人說是異靈和妖魔。」

流越愣了愣，可能沒想到是這種答案。「這樣啊……不過時間種族應該沒有實質上的死亡，嗯……我再聯繫其他時間種族看看是怎麼回事吧。」

「沒有實質上的死亡是什麼意思？」我停下動作，對於流越說的話感到有點錯愕。

「精靈、時族、羽族，我們三族的『死亡』方式與其他種族不太一樣。純粹的精靈族可回到主神身邊沉睡等候再次甦醒，時族則是回歸時間長流等待再次被召喚，羽族則是歸於虛空等待再次凝聚。對於我們而言，沒有一般認知的『死亡』，我們眞正的『死亡』是『消散』，連靈魂與時間都徹底消散，然後再也不會存在。」流越簡化地解釋：「混血才有機率和其他種族一樣前往眾靈之所，也就是通常會提到的安息之地。」

我倏地站起身，腦袋一片空白，震驚到手有點發抖，深深吸了口氣後才驚疑不定地問下去：「所以魂鷹把重柳族的靈魂帶回去，是因爲很可能會再被喚醒？」

「這必須得看他的混血程度，如果混血大於原本的血脈，是無法按照正常時族的模式，他仍舊會前往安息之地。」羽族搖搖頭，並沒有給我很樂觀的回答：「現在純粹血脈的三族似乎

不多，我也不清楚現今的重柳族混血程度，對於族人的魂靈又會如何處理，說不定再召醒的可能性極低。」

但是，如果有那千萬分之一的可能性呢？

我下意識摸著手環，感到全身開始顫抖。

「冷靜點。」阿斯利安拉住我的衣襬，溫聲地說：「我們不知道重柳族的內部狀況，別有太大的期待。」

阿斯利安並不知道重柳還在我這邊的事，不過他曉得重柳被殺害，畢竟當時消息傳得滿天飛，重柳族把死亡都算在我頭上了，他很可能以為我是想要去重柳族搶魂靈。

我慢慢做了幾次深呼吸，重新坐回位子上。這件事很可能眞的得抓個重柳族來弄清楚，但抓到人，按他們機車的性格估計也不會開口……眞麻煩。

流越不知道發生過的事，有點不解，不過眼下很體貼地沒有詢問。

緩緩低下頭，我按著額頭有點苦笑。

什麼都不知道，也沒辦法讓重柳族開口，但我仍想賭看看那個可能性，想到頭都發痛了，此時我混亂的腦袋裡突然出現一個清晰的問題，剛剛過於震驚還沒想到，現在發現說不定有可行性。

「我可以再麻煩您一件事嗎？」摸著手環，我小心翼翼取出米納斯的幻武大豆，捧到大祭司的面前，「您有辦法追蹤到她的本體嗎？她的本體可能在某處沉睡。」

「我可以試試。」流越接過米納斯，動作很輕柔地放置在掌心上，然後起身離開客廳，重新返回樓上的客房。

我呼了口氣，現在什麼都吃不下去了，流越帶來的消息很讓人震撼，接著又開始擔心起米納斯，不知道藉由幻武回追她本體能不能成功。

一件一件的，都是讓人心情無法輕鬆的事。

「祈禱一切都會順利吧。」阿斯利安拍拍我的肩膀，微笑道：「即使迷途，但最終還是能找到出口，我會陪你一起等。」

「謝了。」我回以一個笑容，雖然知道大概沒多少笑意，不過還是重新打起精神。爲了轉移注意力和心情，我重新把目光放回擂台，看著那些逐漸減少的挑戰者繼續被打敗，就像他們其實只是上去走個過場一樣。

接下來又過了一天，挑戰者們的強度開始上升好幾個等級。

西瑞就是在這時候受傷的。

※

「小少爺，比起你哥哥姊姊們，差遠了。」

擂台上，一名已經半獸化的男子這樣說道，與第一天的挑戰者相比，這人小了一圈，只高出西瑞一個腦袋，獸化的下身部分布滿尖銳的鱗片與一條類似蜥蜴的長尾，乍看之下好像是爬蟲類生物，但背脊卻出現一大塊有斑點的豹類毛皮。

不知道是什麼原因，五名兄弟姊妹上擂台到現在，我都沒看見他們使用兵器，或是獸化，西瑞平時會使用的爪子也沒甩出來，他們一直維持人類形態對戰，就連六羅也是這樣，每個人都僅僅使用少量的術法，似乎是在最低限度擺平對手，比起對手一上來就獸化抑或掏出武器這點，差異很大。

「是在保留力量。」阿斯利安趴在沙發上替我講解：「至少三日、至多七日，在有人挑戰的狀況下，他們要馬上應戰，所以得保留實力，畢竟另外四個人似乎不像大哥一樣能震懾全族到無人挑戰，可以晾著擂台暫時離開。」

「啊，難怪。」我突然理解為什麼大哥昨天會在別墅裡抽空休息了，看來他離開擂台時也是不斷在進行推翻族長的其餘工作，有人挑戰就得立刻回去，並不比台上其他人輕鬆。

這個疑似恐龍的挑戰者速度非常快，一上台冷不防便瞬移到西瑞身後，西瑞雖及時閃開，不過手臂仍被勁風颳出一道傷口。

抬起手看著不斷冒出血液的裂口，西瑞嘖了聲，手指往二十公分左右的傷口劃過去，簡易術法立即讓切割傷止血，收回手的同時順勢彈散又朝他攏聚過來的風刃。「本大爺實在打你們這些新手怪打到快睡著，要不要乾脆點叫你們頂頭的出來認輸，早跪晚跪都要跪，大爺可以賞他快速解脫。」

「這可沒辦法，既然你們自信滿滿來挑戰，我們當然要把你們磨到筋疲力盡，死之前看著身體被一塊一塊切割下來才行啊。」半蜥蜴人不懷好意地笑著：「光明正大除掉你們這些少爺小姐們的機會不多，你就老實點被殺吧，成年都不到的小獸還妄想取代我們這些老人，呵呵呵……」

「啊～你都說你是老人了，老了就該早點滾去退休，佔著位子屎都拉不出來很惹人嫌。」說完話的瞬間，西瑞一個閃避，正好避開眨眼出現在他側邊的挑戰者，這次速度快很多，並沒有被對方偷襲，還游刃有餘地擊散好幾個颳過去的風刃，碎散的風四處衝去，在擂台上掀出呼呼的風嘯聲。

已經對挑戰者的速度有概念，後續西瑞就沒再被偷襲到，風刃分裂得滿場都是也已經無法對他製造出新的傷口。

看來這場沒什麼懸念了，只等西瑞玩夠就能打敗對方。

注視著對戰畫面，我發現西瑞又更強了，比上次在青幽族那時又強了一些，明明才幾天沒見，他還是持續在進步。

應該說，因爲西瑞平常誇張的言行過於奪目，且經常想把世界搞爆炸，必須想辦法鎭壓他的暴走；這狀況下很容易忽略他擁有的實力，但靜下心來好好回想，就會發現他不斷在變強，學院戰也好、四日戰也好，只要他跟來，幾乎都有辦法應付對手，就算受傷，也不至於是像我們那種須要醫療班調養大半月的嚴重傷勢。

現在他在擂台上，大刺刺笑著打飛對手，身手還在持續變強。

雖然先前已經有體悟這傢伙是靠打架在壯大自己，不過每次一想到這些，果然還是會覺得他根本就是熱血漫畫裡會出現的那種角色吧，想法與行爲還從頭到尾一根筋沒變過，某方面來說也眞讓人羨慕了。

又或者其實獸王族天性差不多是這樣呢，看看燄之谷同樣不少邏輯神奇的傢伙。

「好像有入侵者。」阿斯利安的聲音讓魂遊出去的我回過神，擂台上的蜥蜴人落敗，尾巴還被西瑞扯了一大截下來，挑戰者的屁股血糊糊的看起來有點哀傷。

轉向阿斯利安指的影像球，這顆並不是擂台畫面，大哥不知道把鏡頭裝在哪裡，顯示出來的景色是一大片森林，昨天就是因爲這看起來不太重要，所以我們放到最邊，也沒有開聲音。

現在這片森林裡升起深色的霧氣，隱約有人影在樹林中搖晃，時有時無地閃爍。

「這是我們外面喔。」小機器人很盡責地報告方位，「卑鄙末闕這處別墅外面大約五公里的地方，環繞別墅的森林。」

我們被拎來時外頭有結界，所以圍牆外的景物幾乎看不出來，只有模模糊糊的些許綠意，一時沒把森林和綠色聯想在一起。

人影有幾處，仔細一看行動模式不太一樣，應該不是同一批人，當中有群率先突擊別墅結界，但試了幾次後無果，顯然大哥搞出來的高級結界還是有保障的，外面震動無數次，裡面的我們完全沒感覺，連點聲音都聽不到，如果不是有這個監視歪，壓根是無感襲擊。

「這些是獸王族。」阿斯利安辨認出那些比較明顯的攻擊者，若有所思地說：「或許是衝著大哥來的？」

欸等等，所以爲什麼你也跟著一路叫大哥了？你眞的哥哥會哭啊！

話說回來，難道外面的狀況是那些打不過大哥的勢力派出的殺手，打算朝大哥手下的人或物下手嗎？

爲什麼會選我們這邊？

還是大哥平常就習慣把人往這邊塞？

「如果把我們認爲是大哥的朋友或弱點就有意思了。」阿斯利安愉快地笑起來，彷彿很期待外面的襲擊者打破結界衝一波，讓我相當無言。

根據這模式，說不定其他人也有被攻擊……呃……

大哥和大小姐有沒有會被襲擊的弱點我不知道，不過現在的六羅我猜是沒有，九瀾應該是一整堆屍體，可能也沒人會想去燒他的屍堆，西瑞是……

我猛然想起來大哥那時候來逮我說的話。

——喔，原來你弱點是這個。

所以他那時候來逮人不全然是要威脅西瑞他們回去？

想想也是，即使我可以威脅到西瑞，但我並不能威脅到九瀾，這情形下九瀾還是回來了，那表示他們兩個很可能原本就在考慮要不要回來，按他們和大哥手下的交談來看，他們兩個或許一開始是傾向不回來，讓大哥手下們遞補。

確切內情如何，可能就只有他們兄弟自己知道。

結界外的幾群人破壞了幾次結界，然而籠罩在別墅外的層層術法悍然無損，恐怕他們得滾回去找更強的術師來。

「不用擔心，我見防禦有點弱，昨天加固過了。」流越的聲音平空傳來，似乎誤會我們兩個盯著畫面看的想法。「至少有三層抗鬼王級的效用，他們暫時闖不進來。」

看著還在不死心衝撞結界的入侵者，我只能為他們默哀。

阿斯利安露出有點遺憾的神色。

我再次把目光移回擂台畫面，上面的獸王族開始下一輪的挑戰。

「我想……」

「嗯？」阿斯利安看向我。

「我想去現場。」我覺得我其實應該在擂台旁，就像每次西瑞都直接跑到我旁邊一樣。

「確定嗎？」並沒有阻攔我，阿斯利安只是詢問。

「嗯，至少去幫他加油，而且西穆德在，應該不至於真的被圍剿。」我往血靈的位置看去，如果是哈維恩在這邊可能我會被冷訓一番，不過夜妖精最後肯定會無奈地支持我，血靈我就不太清楚他什麼反應了。

西穆德點點頭，「可以，危險性不高，你只需專心於你的朋友，其餘的殺手我能解決。」

血靈意外地很好說話，還給了很威猛的安全保障。

確定好行程，我試探性地開口：「流越聽到請回答？」

「你們要去西瑞那個擂台嗎？」房裡的流越也沒和我們廢話，直接問了目的地。

「麻煩你了！」雖然我真的無限在麻煩他！

話才剛說完，我的左側邊地面畫出一道移動陣法，銀色光點淡淡飄起，有種奇異的優美。

快速打包了一堆炸物後，我和西穆德一起踏進陣法，沒想到阿斯利安竟也跟著跑進來。

「……？」是喜歡上落跑的感覺嗎？

「我們是喜歡漫遊的狩人。」阿斯利安大方地接下我的白眼。

「兩個人也無所謂。」西穆德很體貼地告知他可照顧的人數，「只要不亂跑、相距太遠，以至於無法第一時間趕到。」

阿斯利安爽朗地露出笑：「放心吧，我是名黑袍，要是出了問題，逃跑方面還是相當有自信的。」

你還眞的想亂跑啊喂！

想被打斷腳嗎！

※

震耳的喧囂聲從四面八方爆炸傳來。

現場的音量果然和別墅裡聽見的不同，那些縮小的影像聲音都被調整過，是在舒適的範圍內，猛一轉移後的音量差讓人花了片刻適應，才沒有那種因聲音過大而頭暈目眩的感覺。

我們到達時，西瑞正好把新一輪對手搥下台面，所以滿場的叫囂聲才會那麼大，接著我發現到流越不是把我們放置在觀眾席，根本直接丟在擂台邊，不知道該說他服務好還是想讓我們當場變成靶子，反正我是看到一堆觀眾的視線聚集到我們身上了。

「漾～」西瑞也發現到我們，很開心地跑到台邊，在高台上蹲下來與我對視：「本大爺才想說調人去襲擊臭老大！」

「先不要，大哥其實人不壞。」我把手上的食物包拋給他。

「你該不會看上臭老大了吧。」西瑞用一種出門兩天老婆就出牆的表情看我，按在擂台邊的手直接把特殊材質的高台掰掉一塊。

「沒有，ＮＯ，不可能，你不要胡思亂想。」到底爲什麼會是這種驚悚的結論，怎樣看都不會看上吧！

西瑞塞了根炸雞腿到嘴裡，回頭就給新的挑戰者一腳，力道大到我都聽見很響的骨頭斷裂聲，那名挑戰者根本來不及出招就被踹飛超級遠，還把外圍圍牆撞出一個大洞，足見這腳完全沒有控制力道。踹完人後西瑞繼續蹲回台邊，指控：「你一天就開始幫臭老大說話，那兩天呢！三天呢！是不是本大爺把這些老頭們都送回娘胎後，你就要跟著老大跑了！你有想過大爺辛辛苦苦在外面打天下的心情嗎！」

這是什麼八點檔男方台詞！別濫用啊！

「我還千里迢迢躲過你哥的結界幫你帶便當！你怎麼不相信我！」我決定用八點檔攻擊八點檔。

「這味道是戰國做的吧，你用本大爺的人做本大爺的便當，眞的有心應該自己做，認識這麼多年你親手做過嗎？沒有！你都是叫哈維恩這個第三者做的！」西瑞咬碎雞骨頭，繼續咬下一根。

我靠！這傢伙最近到底都在看什麼鬼！旁邊觀眾席的人看我們的目光都不對了啊靠夭！

還有幹嘛扯哈維恩，你們兩個過節到底有多大？人家外出旅行甚至都幫你們做飯！

「你看，說不出話了吧。」西瑞嘖嘖了幾聲，彷彿拿到捉姦的證據，「放心吧，大爺知道你們這種人，等本大爺把這些擋路的東西都送到奈何橋之後，就去拿臭老大的腦袋讓你死心。」

我是哪種人啊喂！

「……打贏之後去慶祝吧，那些俗世的紛紛擾擾就給他過去。」我突然覺得搞不好我不該來這趟的，看看觀眾席上的人都在竊竊私語了，爲什麼我到了殺手家族還要繼續被破壞名聲呢呵呵。

「本大爺要十隻炸全雞！」一提到慶祝，西瑞精神馬上高漲，開心點菜：「還要火鍋！烤乳豬！」

「可以，你打贏我就請你，隨便你點。」想想我的存款和大哥給的抽屜金子，我稍微有點底氣，只要不是點太奇怪的東西應該不會破產！

「大爺贏定了！」西瑞嘿嘿嘿地笑了起來。

「最好，不是受傷了嗎。」我瞥了眼傷口，止血後還是有道猙獰的疤痕，感覺就是處理得很隨便，等事件過後塞給九瀾去治療吧。

「喔，這個擦傷。」很不以爲然地揙揙手，西瑞快速把食物吃一吃後拍拍膝蓋站起身，隨手指向一邊，「你們先去家屬區等。」

跟著看過去，我才發現擂台邊竟然還眞的有個特別的區域，就在觀眾席的看台下，是個大房間的模樣，隱隱可看見有點家具，還有透明大窗和門，及一些保護術法，沒想到這裡居然有這麼人性化的親友休息區。

「欸你……」我認眞想想，開口：「安全爲重，不要缺手斷腳回來。」

「嗤，大爺還用你說。」西瑞咧開笑，用力拍拍胸脯：「安啦，大爺江湖一把刀，只有本大爺砍掉別人的頭，沒有別人碰得到大爺的手！」

「行吧，你加油。」我笑了笑，扭頭走向家屬寶座。

打從我和西瑞說話開始，各式各樣的敵意與窺探從各個方向湧來，甚至還有毫不遮掩的殺氣，數不清的惡意蠢蠢欲動，隨時都可能對我們放冷槍。

我冷冷朝最近的觀眾席一個斜眼，屬於妖師的恐怖力量展開，直接往那區沉重下壓，當場把一大片人壓得閉上嘴巴，瞬間少掉很多吵鬧聲，黑暗在我周邊擴散，凝聚成細煙圍著我慢慢轉動，張牙舞爪地回應並不友善的觀眾們。

「雖然我懶得理你們，不過打擾我們看戲的人，我也會讓你們嘗嘗眞正的黑暗力量。」我並沒有刻意放大聲音，反正這些人都在竊聽，該聽的人都會聽得到。「我爲妖師一族，想動手的儘管試試，想和西瑞爲敵的也是我的敵人，自己評估看看得罪妖師要付出的代價是不是你們能承受的，呵。」

這瞬間，少掉一部分窺探與殺意。

地下世界情報流傳很快，我想他們應該大多都知道四日戰爭發生的事情，以及西瑞原本就和妖師有往來，光這點，擺出身分就夠打消一些人想動手的歪念頭了。

順便讓他們知道，西瑞和妖師交好不是傳聞，未來不管西瑞會不會接手戰鬥部門，他都有妖師朋友這個籌碼，不是什麼外交都沒有的小孩。

擂台上的西瑞對我比了個拇指，開開心心去迎戰下一輪挑戰者。

第八話　不可撼動的挑戰

接下來近乎大半天，沒再有人上去挑戰。

從別墅出來時沒有帶小機器人和影像球，所以我們在這裡無法得知其他幾個擂台的現況，但我想應該沒什麼太大的問題。

家屬區是個算大的休息室，比起外面的觀眾席好很多，裡面居然還有冷氣、沙發與小折疊床，讓我開始疑惑該不會他們擂台一開始打都是以天爲起跳的吧，所以休息室才會設計成隨時可以過夜的模樣，角落處甚至連小冰箱都有，裡面塞滿了飲料，不過沒有食物。

雖然我已經嗆聲警告，但想要動手的人還是會無視，進休息室不到五分鐘，西穆德就打出來三個人，全都是面貌平平無奇、沒有特徵的殺手，於是我誠心誠意地祝福他們與幕後指派的黑手便祕七天、塞完再烙賽半個月後，血靈才把他們的手腳折斷並丟出休息室。

看著下手果斷的血靈，我再次想起夜妖精被我磨掉的威武，良心絞痛。

「哈維恩那邊情況如何？」既然西穆德帶來東西，不用問肯定是已經和哈維恩互通過聯絡了。認眞想想，血靈的實力其實高於夜妖精，況且是戰爭種族，根據他這幾次的出手來看，面對西瑞大哥的結界，我並不認為他會被攔在外面。

只能說可能是他準備要闖陣時，正好被流越帶進來，才避免大哥被連破兩次術法的尷尬。

他哪裡會想到關個弟弟的朋友，結果來弄他銅牆鐵壁的都是千年起跳的老妖怪。

「一切順利，應該後日可以回來。」西穆德頓了頓，似乎想說什麼，幾秒後又放棄開口。

我也不想問為什麼哈維恩不要在沉默森林多待幾天了，他現在應該就是想衝回來打我臉，證明我的承諾都是屁話。

按著額頭，我決定後天再面對現實，到時候西瑞他們應該勝負也定下了。

「阿利學長，我勸你最好別亂跑，不然我會讓西穆德制止你喔。」支著頭看擂台上的打鬥，我順便出聲提醒蠢蠢欲動的某黑袍。我相信這位新晉黑袍要應對血靈還是很吃力的，更何況他身上有傷，幻武也不在身邊。

阿斯利安緩緩回過頭，本來搭在門上的手收回來，有點遺憾地微笑。「學弟你果然長大了啊。」

被你們逼的啊你們這些地獄列車！

「不過你放心吧，我在羅耶伊亞家族中有認識的人，只是想去拜訪對方。」說著，阿斯利安張開手，一張卡帖飛轉出來，上面確實有殺手家族的族徽。

我瞇起眼，很懷疑他是真的單純去拜訪這位朋友嗎，他有嚴重到處亂跑的嫌疑。另外我有一點感到很疑惑，阿斯利安似乎對於他哥和王子在醫療班的事沒有很緊張，雖然知道他們狀況穩定，但他看上去悠悠哉哉的，一點都沒提要回醫療班照顧兄長的事，還有心情去找殺手家族的朋友。

莫名感到有點不對。

於是我搖頭駁回意見，「剛剛你也看到了，對我們有殺意的人很多，等西瑞他們分出勝負大家再一起去，或是把你朋友請來這邊吧，這樣西穆德就不用東奔西跑，我對戴洛和王子殿下才有個交代。」

「好吧。」阿斯利安倒沒在這上面堅持，只重新把那張卡以術法轉送出去。「……嗯？」

「怎麼了？」我看他表情不太對，幾秒前還在玩鬧的神色整個斂去，變得有點嚴肅。

「……不，沒什麼，可能那位友人也捲入新舊首領的戰爭，遞送的術法很明顯有點斷續波動。」阿斯利安收回手，若有所思地說：「他是副首領派系的支持者，先前在荒野認識，不過他是附屬家族，照理應該不會捲入派系戰爭裡。」

或許殺手家族的戰圈波及範圍並不小，我們只有在這裡看擂台，但外圍戰況如何一點也不曉得，只能從已經有人摸到大哥別墅外這點來推測應該進入鬥毆白熱化。

「如果是勢力戰，確實已經擴及到全家族。」

「我靠！」

被突如其來的聲音嚇一大跳，我整個站起，這才發現大哥不知什麼時候踏進休息室，西穆德並沒有提醒我，血靈大概沒想到我沒發現有人進入，但大哥的氣息收得有夠乾淨，完全沒預料到他會冒出來。

大哥沒在意我的驚嚇，而是站在原地，悠哉地取出手帕逕自擦拭指尖上的血。

……血？

「我感覺別墅的人數改變了，預估你們會來這裡。」將最後一抹血污擦乾淨後，那條手帕在大哥手上燒起，眨眼成為灰燼。高大的男人冷冰冰地說道：「家族內外正在清掃，明日勝負確定後，差不多能夠清整完畢，既然你們要在西瑞這邊，就好好待著，今晚至明早都會非常危險，若是無法應付就回別墅。」

「我們晚點會回去。」米納斯還在流越手上，肯定要回別墅一趟。我原本還想去九瀾和六羅那邊看看，但現在似乎還是不要亂跑為佳。「啊對了，末闕大哥挑戰族長時加油！」

高大的男人大概沒想到會收到我的打氣，微怔了下後點點頭。

就在氣氛詭異地變得有點溫馨時，休息室外傳來很大的巨響，一頭公車大的黑色三頭豹正在衝撞休息室的透明落地窗。

「西……」

我正要讓西穆德出去打狗時，大哥走到窗前，聲音平板地傳來：「建議你們閉上眼睛。」

雖然不知道爲什麼這樣說，不過我瞄到大哥眼底泛起詭異的血光，突然整個人毛骨悚然，本能感覺到要發生極度恐怖的事，有個聲音讓我離大哥越遠越好，我馬上把腦袋埋進手裡，阿斯利安他們也紛紛轉過身。

原本外面的擂台還很吵鬧，就在我們全避開大哥視線的下秒，吵鬧聲戛然而止，好像人人都被掐住脖子般，居然瞬間整齊地消失動靜。

就這樣，死寂的氣氛維持十多秒，才聽見大哥淡淡地說：「可以了。」

我抬起頭，大哥依然是那個大哥，但外面的三頭豹完全凝固，應該說石化了，字面上的意思，眞的整體變成灰白色的石頭。

「這是……」阿斯利安看著堵在門口的三頭豹石雕，不免露出吃驚的神情。

更吃驚的還在後頭，石化的三頭豹很快爬滿了蜘蛛紋，啪嚓一聲整座石雕霎時崩裂，成千上萬的小石塊崩塌落下，連原形都沒法保留，在重新恢復視野的窗外我們看見更多石雕，觀眾席上很多走避不及的人同樣成爲灰白色的雕像。

曾經聽過一些社畜的哀號，大致就是說，如果工作沒做好，恐怖上司的視線會冰冷到讓人變成石頭。

我現在完全可以理解這種意思。

眞・變成石頭。

「臭老大！謀殺啊！」擂台上的西瑞憤怒地吼叫，他的對手也變成石頭了，打都不用打。

我戰戰兢兢地，看著冷漠俯瞰世人的大哥，有種猜測我不知道該不該說。

已知他們兄弟姊妹的母親都不太一樣，九瀾和六羅的母親來自於鳳凰族，西瑞的母親又是另外一族。

能讓人不分敵我瞬間大量石化、又不能直視的能力，我還眞的知道一種，應該說幾乎人人都知道這種。

他們爸爸口味這麼重的嗎？

大哥是「美杜莎」混血吧我靠！

「這不是被動的本源力量嗎？可控？」

阿斯利安看著觀眾席一片石雕，下意識摸了摸自己的頸子，驚愕之餘竟然還很冷靜朝大哥提出疑問。

「嗯，訓練後可控。」大哥淡淡地回答：「十二歲後就不會再因爲隨意看人而把對方凝固成石頭。」

……所以十二歲之前呢？

這是什麼行走的人間凶器？

所以目前他們兄弟已知構成：一名橫衝直撞腳踩鬼王的弟弟、一名攜帶大妖魔借體亂跑的魔使者、一名路過就會掏內臟的蒐屍癖，在他們之上的大哥不想控制時，可以憑視線讓全世界都去當石雕。

眞想看看他們父親長什麼樣子，怎樣的人才可以生出一群可以隨時毀滅世界的孩子。

突然理解大哥的擂台上都沒有人的原因了呢。

我嚴重懷疑他第一天把對手連同觀眾席一起無差別全滅，直接斷絕後患什麼的，斬草除根一個不留，於是才可騰出時間去處理台下的其他人。

羅耶伊亞家族發展到現在還沒爆炸眞是老天有保佑，徹底眾生平等，讓他們幹這麼多壞事後還好好活著。

總之大哥露了一手後，原本對我們這邊虎視眈眈的窺探瞬間大概去了八成，那些透過影像的人也打消某些不懷好意的想法，正正經經地注視擂台上的動靜。

我悄悄又偷瞄了下大哥的眼睛，現在沒有剛才那種極度危險的感覺，不知道那算是他的常規攻擊還是殺手鐧。不過會這麼輕易就用出來，果然還是普通攻擊吧，而且看起來不像是全力釋放。

總之還是小心點爲妙。

是說那些被石化的觀眾該怎麼辦？

「石化者可以付費解封。」大哥聽了我的疑惑，冷漠回答：「否則，就永遠待在那裡吧。」

……

怕爆。

這比綁架可怕多了，付不出贖金就當一輩子石像什麼的有夠哀小。還好我們是被抓過來的，當時大哥沒有讓我們原地變成擺飾品眞是幸運。

暗暗期待起他們挑戰首領的畫面了怎麼辦。

因爲大哥沒什麼聊天精神，約莫只是來確定我們的行蹤，看我們乖乖待在休息區後就走人了，後續又有一些見縫插針不怕死的人來偷襲，也都一一被西穆德打飛出去，就這般狀況一路維持到下午，午後四點開始，不論是擂台上或休息區，都沒人再靠近了。

「餓了。」西瑞用不良少年蹲朝向我們這邊的擂台邊緣，半垂下彩色腦袋。

「你們這樣守擂不能離開不會餓死嗎。」我翻翻背包，把零食貢獻上去。

「只會餓不會死。」看也不看地把小餅乾塞進嘴裡，西瑞嘎嘎咬著：「出任務時不是要有覺悟一個月連水都喝不到嗎。」

……原來你們是這麼耐餓又耐旱的生物嗎？

想想某些動物還會冬眠，似乎就不太意外。

難怪他們平常吃這麼多，看來都是在儲存脂肪，出任務時拿來燃燒……真讓人羨慕，我也想要自由燃燒脂肪，這會讓廣大的女性群體怨恨吧，什麼方便的種族和體質！

「你們家族外面沒問題嗎？」阿斯利安湊過來，同樣把身上能找到的食物翻出來貢獻給西瑞。「我一直聽見大地的呼喚聲，似乎到處都點燃了戰火，而且有很大一部分感覺不好。」

西瑞叼著一條綠色不知道是什麼的食物棒，懶洋洋地盯著阿斯利安片刻，很無所謂地聳聳肩。「安啦，你們好好幫大爺加油就行了，這是大爺家裡的地盤，管他來什麼妖魔鬼怪我們都會處理。」

「……？」我瞇起眼，盯著疑似有點欲蓋彌彰的七彩傢伙。「什麼妖魔鬼怪？外面來了什麼東西？」爲什麼大哥手上會沾血？

雖然我和大哥不熟，也是這兩天才被逮過來，不過按照那種霸總型的人來說，應該會很著重己身的外表儀態，到了我們這裡還染著血是不是代表他剛從戰場過來，而且相當匆促？帶著血就先過來確認我們位置的那種匆促？

大哥有必要特地親自過來強調晚間開始會很危險、要我們好好待在休息區或別墅這件事嗎？他至少還有精明到讓九瀾他們啞口無言的心腹可以帶話吧。

雖然想派出西穆德去探查發生什麼事，但我沒辦法保證自己和阿斯利安被多人偷襲能全身而退，這就有點糾結了。

「漾～這是大爺家的戰鬥，懂嗎。」西瑞沒有告訴我外面到底有什麼，只是很雲淡風輕、好像在講八點檔劇情一樣的態度。

越這樣講越讓人在意好嗎。

從西瑞嘴裡面撬不出話，而且他又開始胡言亂語之後我就懶得跟他亂扯了，返回休息室時赫然發現又多了個人。

「你怎麼也跑出來了？」我連忙走進室內，看著不知什麼時候進來的流越，後者坐在小沙發上，手裡還捧著顯然是從別墅帶出來的果汁。

「你的幻武追蹤術設好了。」流越伸出手，躺在黑手套上的是米納斯的藍色豆子，上面覆蓋一圈水色術法，奇異文字不斷轉動。「不會影響使用，定出可能的區域還要花費一些時間。」

連忙接過米納斯，我很誠懇地鞠躬道謝。

回到手環後，米納斯難得出聲音打了個招呼，讓我確定她沒有問題。

「你們似乎還不打算回去，所以我把食物都帶出來了。」羽族指指角落，我看過去才發現那裡滿滿堆了小山高的食盒，飄散出各式各樣的食物味道，小機器人可能自己在別墅裡孤單寂寞冷，孤寂地製造出大量餐點，連果汁都榨了好幾桶……沒錯，幾加侖那種桶，紅紅黃黃綠綠的排成一列。

留下我們幾個人的分量，我把剩下的餐點全都送去給稍早還在叫餓的西瑞。

回到休息室時阿斯利安已經在布置餐點，同時向流越打聽外界消息，很好說話的大祭司二話不說放了幾個術法出去，沒多久就有結果。

「獸王族的外圍確實有入侵者。」流越手指向桌面，一點銀光落在桌面上，很快畫出一方簡易的地圖輪廓，面積不小，上頭有許多斑斑點點，亦有偵測不出來的空白線條。在這個大輪廓的邊緣有許多大大小小的黑點，約有兩、三處，但最大一群幾乎快要密密麻麻地呈現一大坨了。「或許是來阻止殺手家族的世代替換，或許是某勢力的後援，或許是……嗯，唯一可以確認的是，這裡面混有大量鬼族。」

看見一坨黑點時我就有點猜測了，果然是鬼族嗎，那流越沒說出來的猜測我大概可以理解。「或許是追著我們來的？」

但是碎片已經交回給妖師本家，他們追過來幹什麼？

不管怎樣，我都不能坐著，好像無關己事一樣。「西穆德……」

「等等。」阿斯利安抓住我的手臂，搖搖頭。「他們不是說過了嗎，這是羅耶伊亞家族的事。」

「可是……」我怎麼可能看著鬼族衝擊西瑞他家而沒有作爲？

「這是，羅耶伊亞家族的事。」阿斯利安緩緩開口，強調了同樣的話：「副首領並不打算讓外人插手。在這個家族試煉與五擂期間，不論入侵者目的爲何，都會干預到所有活動。發起五擂的挑戰者們抵擋外來襲擊也是理所當然的事情，這是他們必須做的，即使今天異靈來襲也一樣，他們並未向我們求援，這便是他們家族的事，並事關獸王族們的顏面。」

「……」我皺起眉，想到西瑞也說了類似的話。不論是大哥或是西瑞，他們確實都不要我們插手。

就各方面來說，這類古老的大家族被直衝本家，他們確實會爲了尊嚴拒絕外來者伸手，直到戰到最後一人都不退卻，尤其是凶悍、實力至上的殺手家族，今天如果因爲五擂挑戰而被衝破，丟了生命還無所謂，在各界丟大臉可能讓他們比死都難過。

即使在種種情況下，正在進行中的五擂挑戰無論如何都不可被撼動。

認眞思考了半晌，我想雖然不能出手、大哥和西瑞他們也不需要我出手，但我果然還是不能撒手不管，安安心心地留在這地方吃晚餐吧。

「沒有被請求協助的話，至少可以觀戰吧？」我試探性地開口：「而且，還能讓西穆德收集戰場氣息。」

「我不建議你前往，變數太多。」西穆德罕見地反對我的提議，寧願放棄收集他們血靈的糧食也果決地搖頭。「就算鬼族最開始的目標是殺手家族，但他們發現妖師存在後，可能會有別的作爲，甚至引來更多鬼族勢力。」

「但是西瑞他們還在挑戰。」我乾脆把我的想法說清楚：「雖然是他們家族的事情，不過他們還在挑戰，不管是大哥的勢力還是他爸的勢力應該都有很多菁英沒辦法到場吧，我只是想去看看，如果眞的有個萬一，於情於理我都要幫忙。」

因爲在很多時候，西瑞都來到我身邊。

所以即使他們拒絕了，搞不好最後還會被揍，我都要親眼去看看戰場，眞的發生什麼事的話我也該幫忙。

我必須確保他們的挑戰順利結束。

這是我身爲他妖師友人的立場。

「……如果只是去觀戰也不是不行。」

流越淡淡地打斷微弱的僵持，很理性地告知我們：「獸王族那孩子回答只要你們不亂跑，好好待在我身邊接受保護。」

您又是什麼時候聯繫大哥的？

「你提出想去觀戰後，我便聯繫他，剛剛你說的對方都有聽見。」

靠，社死。

早知道流越開始向大哥直播，我就不要講得那麼信誓旦旦了。還有個萬一咧，活像在詛咒他們擋不下。

留了個心眼沒告知西瑞，避免他拋棄擂台白白把勝利拱手讓人，在這狀況下我再度請流越幫忙，連同繼續跟著不放的阿斯利安一起轉出至地圖上黑點最多、也是衝突最大的外圍戰場。

羽族果然沒把我們塞進戰線裡，傳送術法的目的地是在一處高聳的岩山上，與羅耶伊亞家族外圍有一定的距離，但能夠很清楚地一覽下方整片正在交火的廣闊平原戰線。

來的時候是被大哥直接逮進別墅，不是走正規大門，所以這還是我第一次看見殺手家族外頭的模樣。

遼闊的平原連接著高高低低的黑色岩山，一層又一層，隱隱可看見山上有大大小小的野獸正在移動，我們觀戰就是在其中一座岩山上。這些連綿的黑色山脈有著護城牆般寬長的大型結界，山脈往內是大片大片的樹林，接著便是高聳入天的厚重結界壁，再往內開始有散落的建築物和圍牆、高塔、河流與田地，越往中心越密集，被團團包裹在其中的就是羅耶伊亞的主家。

現在這片與外界交接的平原滿滿都是鬼族、魔獸與外形各異的低等妖魔，而和這些東西交戰的就是各類恢復原形的大量獸王族，不少都有巨大的塊頭，一腳下去幾乎一打小朋友，整片平原震動得不斷發出土地好像要崩潰似的轟轟聲響。

畢竟是在山上，所以平原上的雙方看起來都有點小，這狀況下很難找到特定的人事物，不過我倒很快發現疑似大哥所在的位置——某處有一大片石像，那地方的獸王族也特別少，應該說閃得很遠，不用細想都可以知道是怕誤傷。

哈維恩不在身邊的困擾這時出現了，要讀取黑暗語言比較沒那麼方便和迅速，不過我還是聽得到那些鬼族不斷吶喊的聲音。

破壞、吞食、破壞、繼續破壞……

夷平高山、踏平城鎮、撕裂每一個生命……

迎接我們的盟友……

殺、殺光、全殺光……

盟友？

從中階鬼族的「聲音」裡聽見這個詞，我挑起眉，凝視著傳來特定用詞的方向，那個方位正好有隻巨大的有翼獅張開嘴巴，朝滿地魔獸吐出金色火焰，熊熊烈火燒過之處連一點灰燼都沒有剩下。

沿著那抹惡念，我一點一點地摸過去，接上那些不斷重複的簡短話語。

「『盟友』是誰？」

彼端喃喃不停的聲音突然一頓，可能沒預料到會有人接它無意識發出來的話語，扭曲氣息緩緩往我的方向延伸過來，有些試探，更多的是挾帶著毒素想要污染更多東西。

「小心。」流越發出警示，淡銀色的結界輕輕一晃，把扭曲毒素在結界壁外打散。

我抬起手，制止阿斯利安的接近，凝神繼續捕捉那名鬼族並與之對話：「『盟友』，是誰？」這次我釋出細細的黑色力量，在流越的輔助下觸碰到藏匿在散亂魔獸群裡的中階鬼族，然後把壓制性的黑暗套在它的喉嚨上，強迫只能對我回話。

盟友……

使者……

破壞世界……軌跡……

接下來我連續詢問好幾次，這鬼族翻來覆去還是這幾句話，很可能它眞的只知道這些。

基於牽扯到什麼盟友的問題，我直接點開一張黑色符紙，這是黑王交給我聯絡用的，哈維恩那邊也有，應該說哈維恩還比較多張，明明會找人喊救命的應該是我。

黑符紙開始運行內藏術法後大約等待了幾分鐘，很快紙張自行對摺，邊邊角角碎去，變爲黑色蝴蝶的形狀，輕薄的翅膀一振，悠悠哉哉飛到我抬起的手背上，相當擬眞地緩慢開合小翅膀，由那邊連繫通往獄界的視線正在快速觀覽平原戰場。

幾秒後，屬於黑王的清冷聲音才從黑蝴蝶身上傳來：「位置？」

「羅耶伊亞家族的本家外圈。」把手抬高一點，雖然知道好像沒什麼差，但心理作用還是覺得這樣對方可以看遠些。「裡面其中一名中階鬼族提到盟友，還有破壞世界軌跡之類的字眼……前兩天我們遇到的黑術師也提到有新的合作者，不知道有沒有關聯。」

一旁出現戴著黑色手套的手指，輕巧地往黑蝴蝶翅膀一戳，小蝴蝶歪了一邊，然後扭動身體又站回原位。

默默靠到我身邊的流越在我手背上點了點，盪出一小圈術法陣，靈符轉變的黑蝴蝶突然又更鮮活了些，翅膀上甚至出現類生物的紋路。

「羽族祭司也在？」黑王的聲音有點意外，不過並沒有太過詫異。

「是的。」我看流越又晃到一邊，應該只是過來幫忙下個輔助術，讓我們這邊無線通訊可以順暢，確實也清晰很多，連黑王後面的背景音都隱隱可以聽見，好像是小淺她們的對話聲，但聽不清內容。

「裂川王勢力與異靈合作，陸續對八大種族與眾多古戰場出手，羅耶伊亞雖然是地下世界的勢力，不過也是獸王族裡數一數二的頂端家族，在襲擊名單內。」黑王沒有廢話太多，立刻給了有用訊息。

看來果然是因爲試煉和擂台戰的因素被趁虛而入。

「是因爲想要斬斷八大種族的『連繫』嗎？」站在一邊的阿斯利安問道。

「很有可能，原先他們想要拉攏妖師，如今妖師一族已經朝自由世界釋出合作善意，他們只能破壞黑白種族聯手的可能性。」獄界王者肯定阿斯利安的詢問，然後說道：「目前所知已有不少頂端家族的人員受損，包括燄之谷在內，這兩日傳出有座前武士與菁英戰士殞落的消息。」

「咦！知道是誰嗎？」一聽到座前武士我就抖了下，腦內快速閃過幾張熟悉的面孔，滿滿的擔憂與焦慮湧上，更疑惑阿法帝斯完全沒開口這些事。

「燄之谷方面封鎖名單與詳細傷亡者，我也是藉由一些渠道，才得知這件事。」黑王並沒有詳說是什麼管道。

不過在獄界學習的日子裡，我或多或少看過他們和外界通訊，除了四日戰爭後的聯盟，根本還有不少白色種族的舊有合作者，很可能就是燄之谷的人直接告知黑王。

眼下可以確定鬼族不是追著我們屁股來的，這讓我稍稍放鬆點，但也沒辦法放心到哪邊去，雖然戰場看似獸王族佔了上風，不過平原底部正開始蔓延一層紫黑色的毒素霧氣，獸王族們身上即使有術法保護，依然不能在這種毒素裡面泡太久，否則一個念頭出差錯就會開始被影響進而扭曲。

比較慶幸的是並沒有出現鬼王或鬼王高手級的存在，這種魔獸和中低階鬼族組成的人海戰術很粗劣，我自己也能單獨應付一大群。

正當我和小黑蝶眺望戰場變動的同時，阿斯利安突然轉身走向結界邊緣，我遲了好幾秒才反應過來他的狀態不太對勁，好像是被什麼「牽引」。

流越的動作比我快，一手拉住阿斯利安的手臂。

在結界壁邊緣，邪氣一點一滴在術法壁上腐蝕出一個洞口，從那裡探進一隻蒼白的手，握住阿斯利安另外一隻手腕，溫柔且堅持地把狩人向外拉扯。

——只記得是一片無法視物的漆黑，有人拉住我不放。

西穆德砍下那條蒼白手臂。

屍體一樣泛著灰紫色的手臂還沒落地便馬上扭曲變形，黑色的長蛇張開毒牙反往血靈身上咬，不過很快被抓住頭部甩到距離我們較遠的另一側。

我扶住失去意識的阿斯利安，把他往後拖，取出法杖的流越封閉結界的破損，拔地而起的符文困住那條不死心想要衝過來的黑蛇，古代文字化爲鎖鍊團團將邪惡化體綑住，連那張想噴出毒液的嘴都被堵起來。

「嘖。」流越不滿的聲音傳來。

「藏在意識深處嗎。」小黑蝶輕飄飄地飛到羽族握著法杖的小臂上。

「嗯，我搜索了軀體、毒素、靈魂，沒想到異靈把另一個暗示藏在夢境深處，是我的失誤。」盯著結界壁外逐漸出現的面孔，流越張開手，那枚黑色硬塊上的圖紋劇烈地跳動著，小東西不斷抽動，想要擺脫禁制逃離出去。

「他在來之前接觸過什麼？除了異靈以外。」小黑蝶問道。

「啊……就我告訴你那些。」離開狩人族被屠的事發地後，我在妖師本家的空檔有簡單地把狀況傳達給黑王，當時他們並沒有立即回應。

「除了那些以外。」黑王再次詢問。

我搖搖頭，確實不知道我到達之前阿斯利安還接觸過什麼，按照他本人的說法，戴洛和王子一起抵抗了異靈，他封鎖即將被破壞的封印，那裡頭的東西並沒有跑出來，就這樣直到公會和妖師們接手。

「沒有完全說出來嗎？」流越把硬塊彈到那條黑蛇上，兩個物體直接相融，黑蛇身上又轉出一圈禁制，整條很難受地不斷扭動。

「很可能他也沒意識自己接觸到。」黑王回答了羽族的話。

「阿利有接觸到當時封印裡面的東西？」聽他們兩個沒頭沒尾的交談，我莫名驚覺他們的意思。「裡面不是個遠古惡靈嗎？當時妖師首領判斷並沒有與異靈有關聯。」

流越與黑王同時沉默了數秒，這時外面的東西開始再次衝撞結界壁，那玩意其實是個人，而且看上去是獸王族的模樣，或許原本該是個擁有褐色毛皮的肉食性獸人，但現在他一半的身體都被黑色液體覆蓋，大量毒素纏繞在他身上，開始被轉化成高階鬼族。

在場我、血靈和小黑蝶都不怕黑暗侵蝕，流越是從屍山血海走出來的祭司也不擔心，只有還在昏迷中的阿斯利安最危險，並且外面那東西的目標好像就是他。

「阿……利……」逐漸扭曲的獸王族突然口吐顫抖的話語。

等等！

阿斯利安是不是有個獸王族的朋友，原本要去找他，後來轉告對方過來找我們？

我詫異地重新望向大半模樣都變鬼族的獸人。

所以他不是因爲發現我們在這裡，被引來出手攻擊，而是他原本就要找阿斯利安，才會循著邀請過來？

獸人的腳下張開銀色與黑色兩種術法陣，強行抑止了他的急速扭曲，硬生生保下獸王族殘存的最後理智。

「也有……我們也……本家……也有……」獸人趴在結界壁上，防禦術法不斷燃燒他被毒素侵蝕而扭曲變形的部位，但他好像完全感受不到，只是淚流滿面地用盡力氣把話語吐出來。「和你猜想的……一樣……預言……家族會成爲……副首領……拜託你們了……」

斷斷續續地，沒來得及把話說完，獸人發出淒厲的慘叫，黑色的爪子從他背脊穿透伸出，濃墨般的液體把他整個人完全覆蓋，頭部的地方發出骨骼折斷的喀喀聲響，整個扭轉了一百八十度，露出後面的另外一張剛形成的新面孔。

「又見面了。」黑色的頭顱咧開血色的嘴，傳來異靈的聲音：「意外啊，眞意外，沒想到種子是這樣被帶出來的，沒想到也和你們有關係。」

還沒搞清楚這傢伙是在說什麼，那瞬間我眼前的鬼族化獸人整個爆炸，皮肉內臟什麼的飛得到處都是，結界壁瘋狂焚燒、淨化沾黏其上的細碎肉屑與毒霧，整個畫面變得不堪入目。

原本做好戰鬥準備的血靈和流越也怔住，不過他們畢竟是經歷過各種戰場的人，極快反應過來，眨眼便把周圍擁出來的各種毒蟲魔獸消除殆盡。

山下的平原土地發出悲鳴一樣的巨響。

不管是獸王族還是鬼族，動作皆凝滯下來，肉眼可見整片大地都在震動，大片大片的生物被晃得幾乎站不穩，隨之而來的是裂開的土地，先是閃電一樣的形狀在大地上切割出來，接著深不見底的裂縫越來越大，吞噬掉來不及逃走的生物，大量鬼族、獸王族從大開的裂口摔落，運氣好一點的自己飛起或是被飛行同伴救起。

從山上可以很明顯看見平原被撕成兩半，橫亙於中央的是地獄一樣的深淵斷口。

雖然有點不合時宜，不過這時候我倒是想起哈維恩要離開前那糾結的表情了。

第九話 斷肢

「異靈的目標或許是……世界脈絡。」

我回過頭，看見阿斯利安摀著頭起身，臉色有點蒼白，看起來很像被人狠狠搥了腦袋，現在正在把混亂的漿體努力歸位。

「羅耶伊亞家族有世界脈絡？像火流河、月凝湖那種？」我瞠大眼睛，突然又覺得不太可能，不然西瑞之前早就說了，他提都沒提過，可見他家應該沒有這種東西。

「……被襲擊的狩人部族封印裡，除了遠古惡靈以外，還有乾涸的世界脈絡，那三個古世紀封印都座落在脈絡上方，同樣為古戰場封印，預防一些邪惡甦醒的用途。」阿斯利安支著頭部，語氣虛弱地說：「我們到達時，戴洛很快就發現地底有屍骸遺跡，層層覆蓋的古戰場下有乾枯並廢棄的脈絡痕跡，周邊有大量舊世紀的戰爭殘骸。」

「世界脈絡的力量用盡或被抽取乾涸後，就和一般土地沒什麼兩樣。」小黑蝶飛到阿斯利安的頭上，給他輸了治癒術法。

「是的，照理來說是會成為一般土地，不再具有讓人瘋狂的價值，所以狩人們居住在上面沒有特地維護。」頓了頓，臉色稍微恢復一些後，阿斯利安才握住我的手站起來，整個人半掛在我肩膀上。「被封印在裡面的遠古惡靈是舊世紀的祭司，因爲貪圖世界力量，大量汲取世界脈絡後成爲墮神，召來各種邪祟寄居在脈絡上，後來被光明種族擊殺，那條脈絡也因此乾涸廢棄，墮神雖然被滅，不過殘存的惡念變成惡靈、無法驅逐，當時不得不把它封印起來。」

那不就和墮龍神有點像？

我想想現在雪野家那圈很棘手的毒沼澤，果然這種事情到處都有。

「鎮壓時戴洛攔截到遠古惡靈試圖傳送給異靈的一絲畫面與訊息，似乎是個預言，以及地標，當時並不解其意，只能交由公會追查。」阿斯利安轉身往山下看去，「畫面就是現在眼前所見，訊息則是指向過往消失的力量處。」

裂開的平原深淵裡燃起黑色火焰，不斷往上吐出火舌，加上天色幽暗、到處瀰漫毒素，很有一種進入獄界……或地獄、妖魔界的錯覺。

「回到醫療班後，大地一直指示我跟著你們，來到羅耶伊亞家族後我意識到很可能這裡也像狩人部族一樣藏有某些東西，所以遠古惡靈才想要提醒異靈。離開別墅時趁機向友人傳訊，看來他確實在地下深處探查到廢棄的脈絡痕跡，並且撞上異靈。」阿斯利安有點難過地勾了勾唇，低下頭爲他的朋友唸了一段祝禱，才繼續開口：「附帶一提，公會那邊雖然也聯繫了殺手家族，然而羅耶伊亞家族拒絕配合，他們相信自己有絕對戰力可處理，反對外來者進入獸王族的領地指手畫腳。」

可以，這很獸王族。

「我比較奇怪那些脈絡都沒用了，異靈衝屁衝？」既然公認廢棄後會成爲普通土地，那就沒有作用了，否則前人早利用起來了好嗎，異靈是攻這些地方攻心酸？去攻擊還活著的世界脈絡不是比較合理嗎，就像遭襲的燄之谷。

「有用的不是那些廢棄的脈絡。」流越冷不防插話，聲音隱隱出現波動，那是來自於他受困在孤島中許多年、遭遇各式各樣慘事後，再次看見相似事件被引動的情緒變化。「邪惡總是很難根除，即使把他們碎裂成千萬片，他們依舊會回來……唔……」

這次換成流越抱著自己的頭，痛苦地蹲下身，整個人縮成很小一團，微微顫抖，根本不像一人可以抵禦成千上萬邪惡攻擊的強大祭司。

我正想上前支撐流越，一隻纖細的小手伸出來，按在流越覆蓋了面孔的頭紗上，小黑蝶不知道什麼時候轉化出縮水黑王的小小化身，不怎麼健壯的手掌輕輕地在因受創記憶痛苦的羽族祭司頭上慢慢拍著。

「不記得沒有關係，那些很痛的記憶即使忘掉也不會有人責怪你，逝去的魂靈會希望你們替代他們，好好地活下去。」黑王環著羽族的頭與肩膀，以稚嫩的嗓音低聲地說：「不用勉強去回憶，順其自然就好。」

流越慢慢地冷靜下來，不再發抖。

小黑王摸摸羽族的頭，轉過身看向我。

「呃……」看著縮小版的黑王，我有點驚恐。小的看起來軟軟的過度可愛，如果不是我用強大的意志力拚命在腦袋裡反覆提醒自己那是黑王，我差點就眞的抱上去捏兩下臉頰了！所以他爲什麼會採用這個形象的化體？

引誘犯罪啊！

用這個樣子出來眞的沒問題嗎？深不會有意見嗎？上回我看見他縮小時不是差點被喀嚓嗎？好想抱一個所以可以抱抱嗎？

「不要流鼻血了，清醒點。」小小的鬼王瞇起眼睛，往我的腦袋彈了一點亮光，我果然瞬間從啊啊啊啊好想摸摸看的漩渦裡面清醒。

「咳、抱歉。」看流越狀況好多了，我和阿斯利安一起把人扶起，暫時先安置到一邊石頭上休息。「不是廢棄脈絡的話，他們的目標難道……」

「屍體或遺留物。」黑王環起手，側頭看著重新打起來的平原，熊熊燃燒黑火的深淵裡傳來連我們都可以感受到的邪惡氣息，黑術師的力量感尤其明顯，這很大程度振奮了那些中低階鬼族和魔獸，原本有點傾斜的情勢再度齊平，打得不上不下，而獸王族這邊顧慮到深淵問題，比較靠近的幾處明顯有放不開施展的感覺。

「廢棄的脈絡大多是因為被邪惡污染或攻擊所造成，那周邊必然會有當時留下的殘骸與遺留物，但殘骸的機率比較大，影響重大的遺留物通常會被取走或是銷毀。」阿斯利安點點頭，接下黑王的話尾。「就像你們在雪野家也遇過類似的，被壓在山下千百年還是復甦。」

墮神族。

對了，他們首領上次找我幹嘛？事情一多整個遺忘，後來沒再出現，被我的金魚腦忘得很徹底。

「異靈很可能在尋找某種存在的遺骸，自古以來每條世界脈絡都是被邪惡襲擊的最大目標。」流越支著法杖，站起身，語氣再度變回原本的淡然。「現存的脈絡都有強大種族守護，從他們手中取得的機率不高，最多只能試探。廢棄脈絡周邊可能會有很多鎮壓遺骸的封印，但部分如狩人這樣的守護者戰力並非極強，由此可見異靈在尋找複數的特定存在，意圖喚醒。」

「所以裂川王八蛋才和異靈同盟？他們決定去拉攏那些被封印的大腿之類的？」不對啊，既然那些屍體都在，不用異靈他們也可以去喚醒吧？

還是，他們要找的是只有異靈可以喚醒的某種特殊屍體？

這樣倒能說明為什麼是異靈親自出手了。

「……最大的可能是魔神級殘骸。」黑王支著白皙的下巴，神色凝重地說：「冰牙族的月凝湖下一直封鎖著相同等級的屍骸，由精靈王與大王子親自監管，並藉由月凝湖的幫助死死鎮壓，但歷年卻也不斷被各種邪物襲擊，這點燄之谷亦同，是屬於檯面下未讓一般生命知道的情報。」

……

「回歸世界後，我重新確認了現存的魔神級封印，與我的時代數量相同，並沒有太大的變動，難道有遺漏、未登錄的威脅隱藏著？」流越的聲音同樣嚴肅。

不是我要說，你們兩個突然討論起這麼嚴重的檯面下重大情報沒問題嗎？

我突然覺得壓力很大啊！

這好像應該是要然他們來討論的話題啊！

「或者我們能夠往樂觀的方向思考，需要異靈復甦的，還有其他的異靈。」阿斯利安苦笑了下，「大地給予的指示並未到這麼嚴重。」

「確實，如果有魔神級殘骸，應該早已經被發現。」點點頭，流越同意狩人的話：「至少現在從那道裂縫中並沒有感覺到能動盪世界的威脅。」

小黑王歪歪腦袋，「那麼就是異靈了。」

這動作還是讓我滿腦浮出好可愛之類的想法。

我猛地想到別的事情，說了這麼多，所以為什麼阿斯利安會被盯上啊？

對黑王發出疑惑後，那雙漂亮的眼睛露出個「喔對還有這件事」的意思，隨即對阿斯利安警示：「你小心，異靈應該是打算將你吞食，或者取代你，才會在你身上留下暗示，或許還沒放棄。」

「……？」阿斯利安露出濃濃的不解。「雖然我剛考上黑袍，但應該不是他們會想要的強度？」

「雖說是異靈，但它們依舊有個人喜好，很高機率看上你的外表。」黑王好心補充原因。「邪惡存在有時會意外地膚淺。」

「……」狩人沉默了。

看來人帥也不一定好，顆。

平原上的戰況再度轉變。

因爲我們的位置被異靈發現，流越重新找了塊視線好的地方把大家轉移過去，黑王似乎暫時沒有把自己弄回小黑蝶的想法，抓著我的手腕一起旁觀戰場。

當然他不是單純牽手手這麼可愛，鬼王的力量與我連結後，看向整個平原的視野立即擴展很多，幾乎是正上方的上帝視角，非常明顯可以看清楚一個個鬼族的分布區塊，還有隱藏在深淵裡幾名黑術師那特殊的氣息軌跡。

我把魔龍的小飛碟放出去，雖然殺手家族明言不要介入他們的戰鬥，但可沒有說我不能放魔龍偷力量，那個裂縫噴出來的黑火有濃濃的邪惡能量四處散溢，不吸太可惜了，反正獸王族也沒辦法吸，還不如讓魔龍帶一頓自助餐，順便幫西穆德搜刮戰場死氣。

另一端，幾個巨大的形體降落在裂縫黑火兩側，那幾處的鬼族被暴風掀開，瞬間清出大片大片的乾淨立足地。

身影顯現同時，最受注目的是其中一頭與西瑞獸體非常相像、但幾乎兩倍大的半鷹半獅凶獸，龐大的軀體挾著狂風壓下瞬間，把囂張的黑火也壓回裂縫裡，更一爪子把探出頭的黑術師打飛出去，直接在空中整個粉碎。

以這頭最大的凶獸爲中心，四周顯現出來的還有七、八體稍小，但也是大型的傳說級生物，裡面有個同樣特殊、奪人眼球的——那是三條極爲龐大的黑鱗蛇交纏的形體，正中央拱著一名蛇尾女性，女性體並不小，至少是正常成年男性的五、六倍高大，覆滿黑紅鱗片的身材極辣。她原本是側對著我們，周邊鬼族重新擁上來時她扭過身變成背對，長至大腿的波浪長髮往四面八方展開豎起……仔細看不是頭髮，是一條一條密密麻麻、會讓人得密集恐懼症的細蛇。

面向女性凶獸的獸王族們彷彿見鬼般用最快的速度散開，幾乎可以稱得上是屁滾尿流地逃離，沒人敢站到正前方，下秒前方整片鬼族就地石化，然後龜裂、碎成灰粉。

看到這邊我也明白了，那隻最大的是西瑞他們爸爸，女性體應該就是大哥的媽媽了，戰鬥力都不是一般驚人，其餘到達的獸王族也都展現不一的霸道戰力，平齊的戰況瞬間朝羅耶伊亞家完全傾斜，逼得深淵裡的黑術師不得不衝出來應對。

「羅耶伊亞家族的首領！」黑術師帶頭的隊長剛開口，馬上在身前畫了大大的防禦術法，但圖紋圈還沒成型就被凶獸摁了一爪子，如果不是黑術師閃得快，差點和自己的術法圈一起被拍成泥。

經由這狀況可得知，殺手家族的首領抗術法性極強，這與西瑞很像，西瑞也經常衝破各種大大小小的法術，從奇怪的地方冒出來，捱打後好像都沒有很嚴重的後遺症。

「臭小子！留這麼大的坑想暗算你老子嗎！」轉過巨大的腦袋，殺手首領往側邊一個點發出幾乎可以算咆哮的吼叫：「雜碎不快點處理，是想放著當煙火慶祝嗎！給老子變回你的原體，把這些垃圾東西掃乾淨！」

一開始我還沒發現他是在對誰咆哮，經由黑王的視線凝神看清，才看見是不知道什麼時候悠悠哉哉晃過來的大哥，他還是人類形態，那身筆挺的西裝一點髒污都沒有沾上。

「全都是我處理不公平。」大哥招招手，一條金黑色的大蛇從地底鑽出，頂著大哥伸長身體，與殺手首領對視。「我的人手也要留待處理你的爛攤子使用，你至少出點力。」

因爲大哥的人形太小，殺手首領的獸化形態盯著人都快鬥雞眼了，他極度不爽地一個後踢，把鑽出來的黑術師又踹回裂縫裡。「狡猾的小鬼，你老子是這樣教你的嗎！」

「不是，不過現在你還是族長，保衛自己的地盤理所當然。」大哥游刃有餘地回應，那態度就差沒有點根菸往他爸的臉上彈，完全無視不得不出來應戰的首領鬥雞眼怒瞪。

我有點沉默，覺得自己好像是看見父子陣前相殺的現場。

「我們的客人說底下有廢棄脈絡，疑似還有異靈屍骸，你是不是忘了該對副首領交代什麼？」大哥隨意地往旁邊看去，一排鬼族當場石化斃命。

是哪個客人說的也不做第二人選，十之八九就是我們旁邊的流越，畢竟黑王是不可能主動聯繫他們，否則會曝光行蹤。

本來還想吠幾句的殺手首領突然一頓，嘴巴呈現了一個「口」的形狀，面部表情疑似瞬間凝固。

「忘、忘了。」過了幾秒，凶獸才乾巴巴地吐出三個字。

「……」大哥沉默。

可以，這很獸王族。

同樣聽見這答案的我不知道為什麼一點都不意外。

「也就是說，我們遭到鬼族大軍壓境，黑術師與異靈入侵，我還想不通原因，結果全都是因為你忘了告知地底下潛藏的威脅？」大哥冷冷地笑了聲，雖然他沒有長髮，但我覺得他身後好像有幾千條毒蛇集體朝首領張開毒牙，散發出凶狠的氣息。

「就、就只有首領知道，上一代講一講，也不太重要就忘了。」殺手首領回了一個依然是獸王族會有的答案。

我莫名覺得他應該去和狼王認識認識，搞不好他們會很合。

這些大型野獸是不是都過度隨便到欠揍？

「不太重要？」大哥瞇起眼，濃稠的血色隱隱在他眼底閃爍。

啪的一聲，美杜莎媽媽的大蛇往殺手首領腹側用力抽一尾巴，殺手首領挫了下，彷彿差點嗷出聲。

「咳，先把這些垃圾殺光吧。」殺手首領重拾威壓與正色，二度壓下想再度燃起的黑火，並有壓到將熄的趨勢。

「等等，羅耶伊亞家族的首領。」被忽略的黑術師終於又找到機會開口，這次他學乖了，先布好防禦術法才飄到大哥和凶獸前方。「我們可以談一筆對雙方都有利的買賣。」

首領很不耐煩地張嘴直接噴：「滾蛋！攻打我羅耶伊亞家族就是死！趁我們內鬥見縫插針就該碎屍萬段！」

「關於這點，我們也很有誠意可以替你解決。」黑術師不懷好意地往大哥方向看了一眼，沒有避開對方，直接滿懷惡意說道：「我爲裂川王手下，與異靈同盟，只要你願意結盟，那麼發起內鬥挑戰的對手我們自然可以幫你解決。」

回應黑術師的是一爪子，凶狠地把他連同防禦術法拍進大地裡，土地整個被巨力拍擊得裂開，爪子下噴出一灘黑色血水。

巨獸異常憤怒，全身的毛都快被黑術師氣到豎起來。「結屁結！去你媽的！我等獸王族實力至上，傳承當然靠挑戰！他要是打不過老子就別當老子兒子！底下如果養的都是一幫廢物，連一擂都打不過的話，還想當個屁首領！老子就等他挑戰完，徹底展現實力把反對的傢伙們都收拾好，要甩擔子和漂亮老婆們去環遊世界！」

「……你把眞心話說出來了。」大哥冷漠地盯著動作又一僵的首領。

欸等等，所以他們父子關係不是我原本想的那麼緊張？

我猛然一驚，發現一直以來我好像搞錯了，因爲常常聽西瑞抱怨他家管東管西規矩一堆，加上六羅事件，還有要暗殺他老爸的各種說法，所以我從最開始就以爲他們親人關係緊繃，加上他們幾個兄弟表現出來的也很類似這樣。

但現在看起來似乎不是？

喔靠，認眞想想，會養出一堆北七小孩的家庭，很可能也不是什麼生死對立的極端狀態啊！

被誤導了！

所以發起五擂挑戰推翻首領和首領勢力的叛逆手段，其實在他們眼裡是很正常的事情嗎！

早知道就該拿國家地理頻道來套用他們這群人的行爲模式，搞不好更簡單易懂。

冷眼看著殺手首領把一個個黑術師當地鼠打，我現在完全確信他們眞的擁有自保的強悍戰力，難怪會拒絕公會介入，拿動物的行爲對比一下，撇尿圈地之後被別的動物入侵，正常都會衝過去咬了。

「看來確實不用幫助。」阿斯利安也下了與我同樣的結論。

「異靈出來了。」黑王看向裂縫深處。

黑術師被拍爛得差不多後，有抹黑色影子極速從裂縫閃爍衝出，下秒撕開空間準備遁走，但有另一道身影比它更快，從深夜的高空中高速俯衝下來，獵鷹般半獸化女性把異靈打飛出去，優雅的身影一轉圈，直接抬起腳爪踩住異靈的脖子。

這名異靈似乎很會爆出小道具，它被打翻在地時，本來抱在手上的黑色盒子摔飛出去，在地上打了幾個滾，最後被跳下蛇的大哥拾起。

異靈張開嘴，還沒發出聲音就被大張翅膀的女性踩住嘴巴，尖銳的足部利爪幾乎把異靈的半張臉抓爛。

大哥看也不看地上的異靈，確認沒有危險後就把手臂長的盒蓋掀開，露出裡面的東西——果然是屍體殘骸，不知道在地底經歷了多少時間，盒內一條手臂與一截連著腳掌的小腿都變成乾屍的模樣，乾癟蜷曲，通體發黑，長了不少深灰色的菌絲。

乍看很像風乾數百年、保存方式不好的過期劣質臘肉，N年後被世人發現會上個電視那種。

倏地，大哥甩開盒子，那兩截斷肢突然化爲黑水，滲入土地，大大小小的泡泡沸騰般在地面上滾動，揉合了泥沙與獸王族的血、鬼族的灰，逐漸浮現出一抹很小的人形。

殺手首領用爪子把大哥勾到後面，幾頭巨大的凶獸都沒有去拍那團東西，很可能是帶有劇毒或是某種我看不出來的東西，讓獸王族異樣地不敢揍下去。

原本被踩著的異靈發出模糊的氣音，瞬間也化爲一灘黑水，蜿蜒著混入斷肢那邊，就這樣，那抹小人形終於完全成形，露出一張嬰兒的天眞面孔與幼小的身軀，發出令人作噁的幼童笑聲。

「異靈與魔物的斷肢。」

流越有點焦躁，似乎很想上前去把那個假嬰兒除掉，又限於這裡是別人的地盤不可隨意出手，他只能遠遠旁觀。

幸好戰場上的殺手一族也對這假嬰兒非常反感，鷹女一腳爪就把嬰兒撕成兩半，完全無視小臉有多麼天眞無邪。

然而異靈並沒有就此乾脆地灰化，而是重新變爲兩灘黑水，接著再次捏立出形體，彷彿要噁心所有人，這次站起的是兩個一模一樣的嬰兒，還對鷹女與首領幾人伸出小手，咯咯地笑得很開心。

遠端借鬼王視線的我看得渾身雞皮疙瘩都爆出來。

小嬰兒們笑了一會兒後，手牽著手撕開空間裂縫，吃定了其他人不敢再貿然出手讓它們繼續無限增殖，笑嘻嘻地跳入裂縫中離開。

下秒，我們這邊的結界壁突然砰的聲，被某種東西狠狠一擊。

其中一名嬰兒出現在結界外，用看似天真的神情愉悅地笑著，然後指了指阿斯利安，這才不懷好意地跨回空間裂縫，真的閃人。

看著被盯上的阿斯利安，我開始感到同情。

接下來有好一段時間恐怕他要隨時警戒被異靈搶親了。

※

平原上的戰鬥果然如大哥所說，持續到天亮。

主要的黑術師雖然能復生，不過被殺手首領等人盯上後幾乎就是無止盡地在捱打，他們當然不可能白白當一晚上的沙包，異靈挖取殘骸已經完成，他們在能夠逃出虎口的當下便擺脫追擊，夾著尾巴跑了。

然而首領和大哥並沒有把黑術師全都放跑，一人扣了一個下來，用獸王族的某種術法把他們困住。

後來我才聽西瑞說，有免費的沙包平常可以搥著玩，不抓白不抓，我就爲那兩個被逮的黑術師深深感到同情。

總之那些高階的跑了，剩下就只是鬼族的人海戰術，這些對殺手家族來說根本芝麻綠豆大點的事，一輪接著一輪掃蕩，鬼族的屍體在化灰之前被堆得猶如一座座小山，然後又山塌崩潰粉碎，都數不清楚到底清除多少低階鬼族了。

第一道曙光下來時，最後一名鬼族倒地，平原徹底恢復寂靜。

黑色火焰早就被首領平息，巨獸在平原上覆蓋了超大型術法，橫劈大地的裂縫逐漸被塡起，如果不是因爲草木都沒了，裸露出新土地的樣子，平原簡直就好像沒有被撕開過一樣。

平原戰場底定後，各處開始出現淨化術法，把鬼族們弄出的毒霧緩緩排除出領地，並降下一些綠色輔助術法，修復那些被踐踏的花花草草。

「我去追蹤異靈。」黑王重新化回小黑蝶模樣，順著風飄出去，聲音遠遠地遞來：「待這邊所有事都結束，你帶其他人到獄界一趟。」

五擂挑戰的最後一天，每個擂台都迎來他們最大的對手，同時也是每個部門的負責人、當時戰場上的其餘巨獸們。

這次從白天打到晚上，不只西瑞，就連大哥在沒有使用石化技能下也打了很長一段時間，最終五個擂台一個接著一個開始迎來勝利，約好般沒人落下，五擂全被副首領勢力取得，相應的部門也即將轉交給他們這些兄弟姊妹，包括西瑞在內的五人將是新的五門負責人。

大哥也取得在所有族人面前挑戰首領的資格。

最後對戰首領其實也算沒什麼懸念，兩人在沒有獸形的狀況下幾乎打得勢均力敵，雖然大哥的力量略低首領一點、同時因連續出戰顯得有點疲弱，但大哥對人類形態的掌握度與算計比首領還多一些，兩人連續打碎了四個擂台之後，羅耶伊亞一族的首領終於以一招之差被大哥算計成功，二代們徹底完成了推翻前任首領、將他們老爸踹下家主寶座的征途。

五擂後還有試煉大會與祭典，這是對外界開放的，順便把家主將傳承給下一代的消息放出去。若是平常，其實這算是很驚天動地的大消息，然而挑戰期間出現異靈與鬼族進犯，更換家主的新聞反而變得比較沒那麼重要，來訪的地下世界人們討論的都是異靈不斷現世的傳聞。

活躍於世界另外一面的這些晦暗家族與部族並非人人都喜歡光明，或許是長年遊走在灰色地帶，即使不少家族身為白色種族，依舊有許多勢力對於異靈感到興趣，悄然討論著與邪惡結盟的可能性，更別說部分原本就是黑色種族的家族，更是透出極大興趣，興致勃勃地盤算與嘗試和異靈接觸。

這些人我們無法干預，我只能留意他們的身分，把情報共享給然，讓妖師首領去處理這些雜事。

五擂結果落定後，參加的五人基本上全員半殘，父親輩的上一代沒有留手，互相把對方打得很慘，連大小姐都無法逃過一劫，直接在自己的住所外貼上謝絕拜訪，據說是要等被打傷的臉徹底恢復後才要揭下。

他們硬挺著觀戰完首領和大哥打了一天一夜的凶狠死戰，才終於安下心離場。

六羅一完成挑戰就被水火妖魔帶走，他現在負責水火妖魔大部分生活所需，妖魔們不想讓他離開太久，加上他的身分不方便公諸於世，所以兄弟姊妹們並沒有溫情地相聚，只有再一次地匆匆分別。

九瀾下台後直奔他的藏屍間，急著把這幾日的收穫擺放到他最美好的收藏格裡。

大哥帶著和他們老爸互毆的傷，非常過勞地與他的心腹們高能運轉，把最後一波想反抗的旁系收拾乾淨，預備在家主交接典禮上神清氣爽地登基。

西瑞在昏睡一夜清醒後，第一件事就是咆哮他的機器人和龍床被偷了。

我終於知道大哥那張黃金床是怎麼搞出來的了，就和小機器人的來源一樣，從西瑞住所搬來的……一點都不意外呢。

當時就想問問他到底爲什麼能夠在黃金床上好好睡著而不被閃醒。

試煉大會如火如荼展開，各地聚集來的旁系家族熱熱烈烈地開啓大擂台，展現了新一輩精彩的爭鬥與力量。比較可惜的是因爲前幾日本家啓動五擂戰，兩邊被拿來比較，試煉大會的精彩度便遜色很多，人們大多討論的是羅耶伊亞家族的孩子，並給予他們推倒首領的肯定。

參加大會的旁系小孩們心情如何不知道，不過被大哥肅清的一堆勢力肯定非常不美好，據說試煉大會裡有很多家長被清算的新一輩很憤恨，然而又不敢點名剛推翻首領成功的大哥，只好把憤怒發洩在其他參賽者身上。

當然其他的試煉者不可能白白被揍，也是全體卯足勁揍回去，火爆程度非同小可，大會期間擂台上的挑戰沒斷過，下來的人人都變成豬頭。

一來一往，倒也洗去不少鬼族來襲的負面影響。

就這樣，我們迎來了羅耶伊亞家族的會後慶典。

第十話　夜談

「起床啦！」

一大清早，我直接被人從床上掀翻到床底，還沒清醒就差點永遠無法甦醒。

無言地摀著扭到的腰從床底爬出來，我看向明明身上還捆著幾圈繃帶，卻神清氣爽、活力耀眼的混帳傢伙，當場就想給他的臉一腳。

可以回你的龍床去好好當個重傷患嗎？

「走啦走啦走啦，大爺帶你去逛逛我們本家。」西瑞抓住我兩條手臂，把我往房外拖。

「……至少給我刷牙洗臉的時間吧！」邊抵抗邊把手抽回來，我沒好氣地想往浴間走，這時房外又來了人，手上還拿著一疊衣物，我一抬頭就愣住。「咦？你怎麼？」

我沒想到這時候會看見哈維恩，我原本認為他即使提早淨洗完，來到這裡也需要花點時間，還得和族人連絡一下感情什麼的，但現在看他的樣子明顯就是一結束淨洗馬上趕來這裡。

「喔，昨天半夜來的，因爲你睡得像豬一樣，管家就叫他先住客房了。」西瑞跳到床鋪上盤坐，那架勢就是想等我快洗快換。

挑戰結束，奄奄一息的西瑞雖然被抬去治傷，不過一直在那邊靠杯靠木說不讓我們住大哥的別墅，自己的小弟要住自己的地盤云云，我們在治療室陪著西瑞一天，接了幾次命危通知，等嚴重傷勢穩定後，連夜搬了一趟住所，現在這裡是西瑞的閃亮亮大豪宅……就不想提昨天半夜剛進來時看到發光豪宅那感想了。

流越因爲身體包括所有臟器與五感都受過嚴重創傷、感受略鈍的關係，倒不像我和阿斯利安差點被閃瞎眼，他甚至還能很有興致地左摸摸右摸摸那些七彩霓虹燈、金龍金鳳雕塑什麼的，連豪宅管家看向流越的神色都追加了敬佩。

人很好的管家趁著他們小少爺重傷昏迷之際，快手幫我們幾個安排了超級正常的客房，還附帶小溫泉，讓我們可以好好休息，我打從心底感謝他。

哈維恩把手上的換洗衣物交給我，露出一言難盡的表情，完全解釋了爲什麼他會在族裡事一結束後，光速跑到羅耶伊亞家族。

「……我懂了，我也是千百個不願意。」接過通身全黑的服裝，我發現夜妖精的人類審美觀越來越進化了，挑的居然是訂做款襯衫，正規典雅又不失年輕流行，外面一件修身長外套，布料還很輕柔舒適，完全符合拜訪人家家族該穿的模樣。

就是看起來很黑道。

「呵。」哈維恩打從心底對我使用了一個鄙視的冷笑。

拿著衣服，我夾著尾巴乖乖去洗漱，什麼求饒的話都不敢說。整理時外面沒聽到什麼聲音，弄好後邊抓頭髮邊出來，就看見西瑞和哈維恩一個在房間左邊、一個在右邊，涇渭分明，非常有自覺地不湊在一起抬槓。

「阿斯利安和西穆德呢？」沒看見血靈，我隨口問道。

「我請西穆德去休息。」哈維恩頓了頓，繼續回答：「阿斯利安似乎去羅耶伊亞家族的悼念儀式。」

「他去送戰士了啦。」西瑞從床上跳下，搶了哈維恩的話：「外圍和鬼族交戰時有幾個人升天了，我家有送葬儀式，會統一請祭司順送去安息之地，確保不會被怪東西纏上，老頭會在那邊坐鎮，所以沒啥危險。」

我點點頭，阿斯利安的朋友因為接觸到異靈被殺害了，當時黑王和流越都在，應該有很大機率能保下靈魂。

「你現在去看來不及啦，昨天半夜就開始了。」西瑞比劃了下，「收拾完戰場，整理好屍體就馬上招魂起儀式了。」

其實我也沒有說要去湊熱鬧，其他人沒說這件事，大概是人家家族自己的儀式不太需要外人參與，現在跑去也很不對勁。

「安啦～祭典上也有慶祝他們回安息之地的宴會，多吃一點多喝一點悼念就行了。」抓住我的手往外拉，西瑞笑嘻嘻地說道：「跑江湖的哪能不捱刀，翹辮子就好好幫他們繼續活著，哪天輪到大爺也一樣！」

「你們都會長命百歲好嗎。」很無言地嘖了聲，我隨便讓對方拉著跑，夜妖精翻翻白眼也跟上來，不近不遠地一直維持著一定距離。

西瑞回過頭，咧了個大大的笑。「嗄，本大爺會萬萬歲。」

前一晚到西瑞住宅時就已經被閃過一次眼了，不過畢竟是深夜，加上管家的體貼，以及有點疲憊與擔心這傢伙的傷勢，所以我果然還是低估了這處住宅堪比靈光大飯店的威力。

出房間後寬廣的走廊除了俗到不行的紅地毯，兩側是各式各樣的奇幻生物雕塑，左青龍右白虎什麼的就不用說了，認得出來的有一堆，認不出來的就更大一堆，重點是這些東西全都是金光閃閃，採光相當好的走廊在早晨的光照入時，非常完美地把這些東西全映射出璀璨光芒，讓人無力再去深究到底是哪個設計師這麼設計採光的，竟然每座金像都可以很恰好地發出光輝，以至於整條走廊看過去就是地毯的紅、四面八方的金，連空氣都好像飄浮著亮光點點，徹底形成一種難以言明的庸俗夢幻感。

當然兩側配合雕像的造型牆面就更不用說，只能用個豪華大氣來形容，天花板則是採用近似宗教繪圖的敘事圖，忽略掉那些金光閃閃不說，乍看之下還是相當壯觀，都快可以列入博物館了。

昨晚進來時管家有簡單地介紹，可知這建築物裡大大小小房間、包含書房在內，差不多有四十多個空間，多數像我住的一樣，不是附帶前後大型陽台，就是設有獨立小花園、溫泉，每個房間都有自己的設計。西瑞房間的黃金床歸位後我偷偷去瞄了眼，發現他房間地板鑲滿了各式各樣的寶物及不明生物的骨頭，據說是他個人征戰天下得到的戰利品……看來大哥偷他床時也挖了不少寶石走，才會在別墅裡有那麼驚悚的一幕。

我突然有點感謝他沒有把骨頭也挖過來，比起骨頭擺滿地，還是寶石比較討喜。

可能是自宅的管家有認真打理，態度也比較強硬，所以不像靈光飯店那樣到處放滿詭異的東西，管家似乎規劃了各式各樣的房間與展廳讓西瑞去放置他愛好的物品，只有很少一部分被西瑞強制擺在外面，所以只要不隨便亂開房門，我是不會看見靈車或電子花車橫亙在路中央的畫面。

附帶一提，如果都是各有千秋的主題房，那他天天換一間，一整個月下來還不會重複，有錢眞好，有錢超哭。

通過一圈圈散發著七彩光的水晶拱門長廊後，我們進入明顯是餐廳的地方。

這餐廳不是正規那種西式長桌餐廳，雖然很不想承認，但我覺得看到的就是請客那種大圓桌，一圈一圈地擺了個花開富貴的陣勢，桌沿鑲貼著細細碎碎的金沙，頂燈一照，整張桌子被閃光環繞，彷彿要升天；桌中央還有兩層旋轉小桌，可以來個正轉逆轉花式轉。我們進入後，管家便開始讓人上餐，菜式不斷上，幾乎有要擺出百菜的架式。

「你幹嘛不坐下來一起吃。」西瑞直接抄起整隻炸雞，歪頭看向站在一邊的哈維恩。「大爺家沒有規矩，該吃就吃，又沒給你下毒！」

哈維恩皺起眉，不過還是坐下來。

西瑞大概是看他表情沒有很愉悅，張張嘴又說道：「大爺也吃了你不少飯，現在換大爺請你吃飯，以後你在大爺這邊不用怕餓死，想吃飯隨時來。」

其實夜妖精倒不是沒打算一起吃，他的樣子比較像是想先巡視一下周圍安全程度，然後再來吃飯，畢竟他半夜才剛到，對附近並不熟悉，但被西瑞這麼一說，也只能端正坐好先吃了。

夜妖精剛在我旁邊坐下，流越正好也被人領進餐廳，似乎同樣睡醒沒多久，大祭司很自然地落坐，抬手就去取精緻的糕點。

確認完畢，就是個喜歡吃小零食的大祭司。

※

羅耶伊亞家族的對外慶典相當熱鬧。

就如西瑞先前所說，扣掉這次推翻家主的五擂挑戰，其實家族試煉還是聚集了大量派系與外來觀戰的各方勢力。

我後來才後知後覺大哥之所以在這時期發起挑戰，就是要在這個萬家齊聚期間，將那些首領派與對家族別有貳心的勢力一網打盡，反正都要來參加試煉和慶典了，那一起掃蕩肅清也是理所當然的事。

不得不說，大哥果然很凶殘啊，來你們本家參與活動還要被清查什麼的，光想就胃痛，那群舊勢力的人大概都覺得很靠杯吧。

撇開這些不講，整個慶典其實可以說是超大的嘉年華，不管是本家還是旁系都貢獻不少團隊和娛樂設施，乍看之下還會以爲是大型遊樂園新開幕，完全想不到這裡是地下世界的殺手家族領地。

所以，你一個殺手家族慶典搞得很張揚這樣眞的可以嗎？

附帶一提，我們出門後我發現原本在休息的血靈也尾隨上來，不知道是不是之前被丟在醫療班的關係，他這次跟得很快，幾乎是我們前腳剛動他後腳就緊貼。

走了幾步我才驚覺另外一件事。

所以我眞的要帶他去逛遊樂場美食街打彈珠舔冰淇淋嗎！

「這裡這裡。」一踏進園區，西瑞就很亢奮地把我拖到離入口處不遠的一個應該是神廟或類似宗教聖地的地方。

唯一不同的是這裡很熱鬧、超熱鬧，外面放滿了花、桌子，以及各種食物酒水。

西瑞往我和哈維恩、流越手上塞了一個裝滿酒的大杯子，又仔細把血靈抓出來塞一杯，這才把我拽進建築物裡，裡面更熱鬧了，彷彿在開什麼派對。

然而仔細一聽，就知道不是這麼回事。

「哎，一路上好走。」

「蠢啊這麼早就回歸安息之地了。」

「下輩子好好做人啊……欸不，好好做獸。」

「你喜歡的烤排骨我幫你吃掉啦。」

「新釀的蘋果酒幫你嚐啦。」

我這才意識到這就是西瑞說的「幫死去的人慶祝」的地方。

廣闊的建築物裡有各式各樣的獸王族，或是人形、或是獸形，很隨意地到處站著、坐著吃吃喝喝，中央則是有座獸形神像，凶猛的巨獅踩著魔獸，背脊張開巨大的翅膀，威風凜凜地做出咆哮姿態，光看著就有種不可侵犯的威勢。

祭台上放滿了各種物件，眾人就在祭台邊聊天說話，並沒有沉重嚴肅的那種生離死別感。

「這是獸王族信仰中的『畢潔神』。」

我回過頭，看見稍早不見人影的阿斯利安朝我們走來，手上也端著個杯子，帶著淺淺的笑意說：「不論是死於戰爭、挑戰，或是口角，他們都會朝往安息之地。『畢潔』是獸王族傳說中的金獅神，遠古戰爭裡與狼神幾乎齊名，當時世界混沌，有很多生命死後徘徊在大地，困於邪惡無法安眠，於是畢潔撕裂通道與禁制，把那些迷途的亡靈送進安息之地，所以許多獸王族認爲畢潔是守護亡靈的聖獸。」

「五擂挑戰也死了不少傢伙，要歡送一下他們。」西瑞講得好像畢業歡送會一樣，雖然周邊的獸王族們表現出來的也是這樣。

……其實也是畢業歡送沒錯啦，人生畢業歡送。

這樣看來，羅耶伊亞家族這邊的觀念近似於不管是敵人或友人，只要掛掉的同族都會被送靈悼念。

其實滿不錯的。

總之在這麼歡樂的氣氛裡我也跟著喝了點酒，待了一會兒又被西瑞拉出去，眞的開始遊樂園一日遊了。

意外的是，流越在這種地方適應良好，他對遊樂設施興趣顯然比我更大，一路上脫隊好幾次，每次一轉頭大祭司都會蒸發，然後在某個地方看見他好奇地打量遊樂器材，如果不是隱藏的血靈總是跟著他，我們大概要考慮在某一次找不到人時去大會廣播找大祭司了。

一開始我以爲他是很想玩，於是和西瑞一起推著他去排隊體驗遊樂。

直到我發現他其實是想拆解遊樂設施裡的各種陣法，而且差點動手，幸好發現狀況不對的哈維恩制止住大祭司的動作。

當時我冷汗就下來了。

「只是覺得這些術法與機關缺陷很多，有點忍不住。」被我帶到旁邊理性溝通，順便塞了根棉花糖的流越如此說：「雲霄飛車，明明可以眞的飛入天空，他們竟然不好好製作術法，致使只能達到這點高度。」

我看著雲霄飛車上一堆小孩與小動物，按了按額頭。

「不，他們不須要飛入天空。」不管是不是正常的種族，搭個雲霄飛車衝進天空再掉下來，小孩會直接嚇到屎噴出來吧！

「那為何要叫雲霄飛車？」羽族的疑問認真，並且真誠。「這不是詐欺嗎？」

「一般只是想要個刺激感吧。」雖然我也覺得很奇怪，這些種族明明有的自己可以飛或是靠術法飛，為啥要搞一堆這種很正常的遊樂設施？

大祭司明顯無法理解這個邏輯。

「說的也對，人生就是要直衝天空啊！這麼矮算什麼！」西瑞發出認同的共鳴。

衝你的頭！

不要煽風點火！

「這是因為，這項設施是由原世界人類創造出來，普通的人類並不具備飛行能力，他們想藉由一些小遊戲體驗類似感覺，但人類礙於技術與安全考量，並不會眞正製作出衝入天空的遊樂設施，命名只是種比喻。」哈維恩大概是聽不下去了，直接出口打斷我們歪掉的討論，很嫌棄地用看低智商兒童的表情看著我們。「遊樂園入口處有寫，部分設施來自於人類世界，請大家體驗人類的玩具。」

被他這麼一插話，我才想起來這該死的就是我本來世界的遊樂設施啊！我幹嘛要被他們帶歪！害我思考都不人類了！

原本以爲只有我們這邊的人不太對，直到我們停在路邊買小點心時，附近有個應該是自由落體的設施被砸掉，我才發現流越的想法其實還太溫馨了。

「又砸啦。」正在把冰淇淋球蓋出第十五層的小攤販老闆搖搖頭，「現在的小孩眞不禁嚇，掉下來就一堆化回原形把那些小機器壓扁，人類遊戲設施實在是太脆弱了。」

所以何必搬人類遊戲設施來被壓扁啊。

看著搖搖晃晃的冰淇淋塔，我一時之間不知該不該伸手去接，這看起來就是考驗平衡和毅力，結果被西瑞接走了，我連忙告訴老闆我只需要三支兩球的，立刻收到一個「超遜」的不禮貌眼神。

「所以遊樂設施被砸很多次？」忽略老闆鄙視的目光接過兩球冰淇淋，我先分別塞了一支給血靈和哈維恩，然後往自己的咬了口，發現眞材實料、味道濃郁，突然就覺得應該可以再來兩球。

「對啊，我擺攤在這邊，一天下來就要看那些小玩具被幼獸砸十幾次。」老闆蓋了一個新的五層遞給流越。

「遊戲設施裡有復原與重組術法，不是壓成粉末都能修復。」流越把冰淇淋塞進面罩下，慢慢食用。

羽族說著的同時，被壓扁的高空彈跳設施周邊果然泛起術法光，破爛的零件一個個扭回原本該有的形狀，很快地，一個高空彈跳又恢復原狀了。

看來獸王族們也知道這些遊樂設施不夠他們壓兩下，復原術法做得很完整。

我悄悄瞄了眼，發現血靈和哈維恩有很好地把冰淇淋吃完，畢竟是會融化的東西，在這種大家都咬咬舔舔的氣氛下，他們也乖乖從眾，可惜沒看到血靈舔冰淇淋的畫面，他三兩口就咬完，吃得很快速。

接著我們又繼續前往下個園區。

或許遊樂園真的能讓人暫時忘記那些鬼族、異靈的事情吧，總之一天下來還是滿快樂的，只可惜其他人不在，如果可以一起來玩就好了，雖然大概會變成大家一起砸遊樂園。

夕陽西下時，我們還是不能免俗地一起去搭了摩天輪。

比起雲霄飛車，摩天輪的高度就真的超高，我在本來的世界都沒看過這麼高的摩天輪，車廂一轉上去還真的有種會被載到天空的感覺。

「偶爾這樣確實不錯。」今天一整天其實興致都不算太高，但也沒有表現出不開心的阿斯利安微笑著看向艷麗的夕陽。「什麼都不用多想，就這樣玩耍。」

「對吧，所以大爺才說要來玩。」西瑞蹺著二郎腿，很愉快地對我咧咧嘴，「還有很多好玩的，下次大爺帶你們一起去。」

看著這傢伙，我回以一笑，突然意識到他的用詞是「們」。即使會和其他人鬥嘴，不過西瑞也已經不是一開始我認識那種獨來獨往、到處找人抬槓的不良少年了。

「下次大家一起來啊。」雖然今天的遊玩成員有點怪怪的，不過有機會大家再這樣一起也很不賴。

這時候我是這麼想的。

無論如何，只要像這樣的慶典會舉辦，不管在哪個種族，我們都可以這樣約好到處玩耍，就算未來畢業大家各奔東西，肯定也可以約好在某一天，什麼都不去想地開開心心玩樂，看著種族們砸會場。

當然，這時的我不可能會知道後來的我們……

※

「要去床上休息嗎？」

猛地一頓，我才發現自己在椅子上打瞌睡了，哈維恩按著我的肩膀把我搖醒。

雖然現在體力比從前不知道好多少倍，不過整天逛園區下來，走走玩玩地，果然還是會有種慣性的困頓，洗完澡之後坐在沙發裡敲手機和幾個人報告情況，不知不覺就打起瞌睡。

用力伸伸雙手，我無聲地打個哈欠，看見哈維恩和西穆德都在房裡，西穆德站在桌邊，他們兩個可能剛剛在談事情，桌上還有些小東西與術法殘留的痕跡，並沒有要隱瞞我的意思。

「你們在聊什麼？」拍拍臉，我站起身，湊去桌面看。擺在桌上的是兩幅地圖與幾個看不出原樣、已經毀損的黑色奇怪小物件。地圖上各自標示了不少點位，看來他們正在同步各自所知的某些訊息。

「這是最近一個月各地被襲擊的標點，毀損程度大小不一，當中有一半因公會及時介入救援而降低死傷。」哈維恩把兩張地圖合併在一起，一彈指，地圖上方的空中直接出現一個立體的縮小地圖，那些標示變成發光的紅色小點，乍看之下有種各地都點燃烽火的危險錯覺。「另外一半雖然進行抵抗，但仍有較小的村落被毀滅，就像前幾日的狩人部落。」

「都是鬼族嗎？」雖然這幾次事件下來，鬼族或黑暗同盟那些傢伙動作越漸頻繁，但一個月就這麼多起，確實過於密集。難怪萊恩會說公會的指定任務變多了，按照這種密集程度，他們差不多要集體過勞死。

畢竟公會高等袍級不算多，就算這幾個月裡包括阿斯利安在內有許多新晉人員也一樣。

「鬼族、黑暗同盟、邪神、妖魔……都有出手，應該是因爲異靈的關係統一陣線，妖靈界那邊則是不少勢力混水摸魚跟著四處放火偷襲。」哈維恩比劃著影像幾處地方。「不過並沒有目擊裂川王或邪神本體的消息，但上午時有傳來昨日比申惡鬼王打開鬼門、放出軍隊屠殺了一整座村莊的訊息，當時附近有個黑色種族，不知道鬼王使者如何說服他們不要插手。」

「黑色種族如果協助的話，那村莊……？」我看著哈維恩指的位置，很不起眼的小紅點，比別的點小很多。

「不能保證安然無損，但至少會保有不少活口，鬼王雖然打開通道，卻不足以讓她過來，只有中低階鬼族軍隊的話多多少少可以活下一些人。」哈維恩明白我的問題，很快地替我解答：「關於這點，黑色種族對白色種族積怨已久，其實不出手很正常。不過若是妖師一族想出面協調，未來有機率能驅動黑色種族幫忙這些被襲的城鎮村莊。這點已經告知妖師族長，由族長定奪，雖然我認爲不一定需要。」

說動黑色種族去幫忙那些白色種族是一回事，白色種族要不要坦然接受又是一回事。

哈維恩沒說出來，不過我可以猜到。

長久以來黑色種族都不受白色種族所喜，甚至很多地方對黑色種族相當惡劣，特別是服侍妖師一族的幾個種族，例如沉默森林，數百數千年累積下來都是筆很難化解的爛帳，沉默森林至今還常常被外來者挑釁，原因就只是他們服侍過妖師一族罪該萬死。

雖然現在接受度高了許多，不少人也都能認同黑色種族，然而還是有眾多聽到黑色種族就皺眉、起殺意的存在，同樣地，黑色種族也是如此看待白色種族。

這情況下，當受到鬼族侵襲，不喜的黑色種族突然跳出來說可以幫忙，光是想想我都可以猜到某些白色種族大概會覺得腹背受敵、黑色種族想欺騙他們信任，陷入加倍恐慌與敵視的狀況。

不過這些就是白陵然的煩惱了，他才是族長，如果真的想走這條路，長期協調是躲不掉的功課。

盯著地圖，我莫名感到好像有一些地方很眼熟，但是說不出來哪裡。地圖上我有九成都沒踏足過，突然眼熟很讓人疑惑。

正努力使用我的金魚腦回憶熟悉感在哪時，房外傳來一陣敲門聲打斷我的思緒，西穆德走去開門，很快便迎進來讓我訝異的深夜訪客。

「末闕大哥？」還以為這時候他在做登基前的準備，完全沒想到他大半夜會來他弟的豪華莊園。

而且看樣子，我懷疑他是溜進來的，沒讓任何人發現那種，不然西瑞應該會在第一時間大爆炸——對於龍床和小機器人遭竊一事他還記恨在心，信誓旦旦地說要找一天把他哥的床也偷出來。

講這話時我就不好意思吐槽他，就算偷大哥的床也沒用吧，人家睡的床很普通啊，你搞不好偷了一個他還有千千萬萬個，根本不會造成困擾好嗎，只會讓管家一直忙碌地換床。

重點是，大哥搞不好一個禮拜都沒有幾天需要床，因爲他根本沒在睡覺。

反正西瑞在氣頭上也聽不進去，我就不告訴他了，等他把床偷出來他就會發現人世間的不友善和現實了。

哈維恩見狀與西穆德立即做出要整理桌面然後退出房間的動作，不過被大哥制止。

「幾句話而已，不用迴避。」大哥依舊是冷冰冰的語氣，聽起來還是不近人情，不過卻對哈維恩他們很客氣。他進來後把手邊帶來的幾本厚重書冊放到桌上，一看和調查報告那本很相似，十之八九是帶來後續相關情報。

我連忙請大哥到沙發坐，雖然看不出來，但他很可能這幾天都沒什麼休息。

大哥端坐到沙發上後還是持續釋放他天然的霸總氣勢，整個人坐得很像模特兒和沙發商

品照，就連哈維恩都下意識端來手沖咖啡，我一言難盡地不知道該不該吐槽不要再讓大哥提神了，他是隱性過勞死人選啊。

「那些是生命之石相關資料，你們可以慢慢看，或是複製需要的部分帶走。」大哥喝了口咖啡，淡淡地說：「地下世界的情報與自由世界、獄界有差異，不妨回去後三方比對。」

「真的非常感謝你。」對於大半夜他還來送報告，我打從心底感激到不行。

坐在那邊的霸總嗯了聲，很淡然地收下我的謝意，隨後才緩緩開口：「……我們父親是守舊派，即是殺手不應走到陽光下參與世界大事，只做好殺手本分才是正統的思想。」

「看得出來。」雖然他外表很不守舊，還有一堆老婆。不過可以從過往的事蹟，以及西瑞早期被關回家中的作法猜得到，這位首領相當不喜歡底下的人過於對外曝光。

「所以我判斷應該將他取代掉，這樣很多事情便不用被阻擋，處理上會順利許多。」眼也不眨的副首領輕描淡寫地說著他推翻首領的理由。

白話說，就是嫌他們老爸囉嗦又麻煩，自己當首領就不用被老爸和規矩管了。

因爲首領本身就是規矩。

可以，很大哥。

他肯定天生就是要推翻首領才投胎在他家。

「謝謝你和小五當朋友。」

「……！」

話題不知爲何瞬間跳到感謝環節，我整個人秒挺直背脊，有種血液倒衝到臉上整個發熱的感覺，驚得一時說不出話。

「小四的事當時我們無力，還要謝謝你把小四找回來。」大哥好似沒有察覺我的驚嚇，逕自往下說：「因爲家族的關係，小五性格變得很特殊，基本沒有幾個朋友，未來就繼續拜託你了。」

莫名有種家長會的錯覺。

心情複雜地看著大哥，我還是點點頭。「其實你不用說這些，我和西瑞本來就是朋友，以後也會永遠是朋友。」

「嗯。」大哥點點頭。「如果需要黃金的話……」

「不，不用，感謝您的大恩大德。」我制止對方接下來可能會出現的可怕對話。「我並沒有那麼喜歡黃金，日常用度夠就好，而且無功不受祿，我和西瑞的友情不需要用這些東西度量和支持。」

「所以你更喜歡閃閃發亮的東西？」大哥嚴肅地發問。

……

……

混帳五色雞頭！你到底怎麼誤導你哥的！

壞我名聲！毀我清白！

我絕對會因爲這件事情死不瞑目！

大哥笑了聲，凌厲的五官突然稍微柔和了些，然後他朝我伸出手掌，我趕緊也伸出自己的爪爪，與霸總友情一握。

感覺自己都商業菁英了起來。

「羅耶伊亞家族的大門會永遠對你而開，以後常常來玩。」想想，大哥可能是覺得要更有誠意點，隨即補上一句：「暗殺五折，無限期。」

喔齁，所以我可以雇殺手去幹掉那群打不死的黑術師了嗎？

不過想想，那種等級的殺手，大概要我破產才請得到，還是自己乖乖地見一個揹一個吧。

大哥還眞的就是來說幾句話，把咖啡喝完後他就離開了，看樣子還要繼續過勞之旅。如果世界上的霸總都像他一樣……那這世界就沒霸總了。

全體英年早逝，死於加班過度。

送走人後我回到小客廳，想先看一下那幾本有關生命之石的報告內容，不經意掃到桌面兩張地圖，我腦內猛然有個畫面一閃，可能是剛剛霸總的菁英之握加持到我的智商，我赫然發現那熟悉的感覺是什麼了。

「哈維恩，上次那個——」

話還沒說完，手腕突然一燙，我反射性抬起手，就看見手環放置米納斯的位置浮起一圈術法圖紋，是早先流越替我們設置的追蹤陣法，現在出現反應，很可能是探查到與米納斯相關的線索了。

米納斯和魔龍倏地出現在一旁，平日柔美的女性現在臉上也出現一絲緊張。

我趕緊把幻武豆子取出來放到桌上，只見術法快速轉了幾個圈後，銀色的光在空中畫出一個圓，圓中浮現水氣，慢慢地顯露畫面……

「吼——！」

高度腐爛的腦袋毫無預警地直接撞在鏡頭畫面上，流越不知怎麼設計的，反正畫質超清晰，清晰到第一時間能清楚看見爛掉腦袋中的那些腐肉、萎縮的皮肉血管和膿水……等等等的，因爲放大了所以那股噁心感也雙倍大。

「……」

還好晚餐早就消化掉了。

我悄悄嚥下喉嚨裡酸酸的感覺。

畫面的腐爛頭顱一直在鏡頭前撞來撞去，接著後面冒出第二隻、第三隻……一大群，各種怪異的聲響此起彼落。

喪屍吧！

這是喪屍吧？

爲什麼米納斯的本體線索會在喪屍裡面啊啊啊啊啊啊啊！

該不會本體爛掉了吧！

夭壽！

《特殊傳説Ⅲ．05》完

番外　責任

「少主，小姐把旁系小孩的臉抓爛了！」

「少主！小姐把說她醜的訪客斷手斷腳了！」

「少主！三少爺、四少爺揍了戰火堂主的小公子！」

「少主！三少爺把護衛團的內臟挖出來了！」

「少主！小少爺鑽進我們外出交易的箱子裡，把海盜全都滅了！」

「少主！小少爺說要去征戰天下逃家了！」

「少主……」

………

……

末闕．羅耶伊亞，地下世界排序靠前的殺手家族、羅耶伊亞家首領的長子。

他出生的時間較早，與後面的弟弟妹妹們年紀差距極大，首領第二位孩子、長女出生時，身為大哥的長子已經是人類可以從高中畢業的年紀，並被指派不少家族任務與殺手任務，早早習慣在屍體裡來去的生活。

因母族血脈關係，十二歲前大部分人都必須繞著他走——不想瞬間變成石頭或粉末的話，他亦被首領安排在與世隔絕的莊園裡度過童年，直到他能夠控制這混合了詛咒的本源力量、完全納為己用，才得到自由自在探索外界、不須被其他人控制管理的資格。

不過當時他早就培養出冷漠的性格與不容外人靠近的高壓氣場，十個小孩路過十個都會被他嚇得爆哭逃逸，壓根不敢接近他，更誇張的是，曾經有個旁系幼獸被嚇到原地窒息，差點直接回安息之地，至此遭到全族小孩的嫌棄，還一度在族內流傳著「不乖就要把你送去首領長子那邊當石頭」的恐怖言論。

幾年後，妹妹出生了。

接著莫名被丟到他的莊園，理由是妹妹哭聲太大不受控，震壞了本家好幾處建築，首領覺得應該送過來和冷冰冰的長子綜合一下，實際上就是父母雙方都想偷懶，誰都不想在大半夜被崩塌的房屋活埋。但交給保母後差點被偽裝成刺客的保母捏斷小脖子，最終妹妹就這樣被強迫塞進莊園裡，讓成熟的長子把妹妹養個兩、三年至懂事。

反正就算哭太大聲被長子做成石雕，他們也是有辦法解除的，所以完全不擔心會有什麼意外，況且做成石雕後還不會震垮屋子呢。

之後家長們食髓知味，送來第三個、第四個、第五個。

別小看這兩、三年，與人類嬰兒不同，繼承了各種凶獸力量的小幼獸打從出生就具備相當的破壞力，例如妹妹能夠用哭聲震壞建築，三、四弟出生時元素力量暴動，五弟一爪子折斷醫生的手……等等諸如此類，還不會走路就可以造成巨大災害，更別提身爲老大的長子出生那年可是整個產房的人集體石化，差點連衝進來的首領都要遭殃。

就這樣，懂事前每個弟妹都曾在莊園被兄長鎮壓過，大半夜哭鬧或拆屋就變成石雕再變回來，肚子餓就餵肉泥肉片，一點一點被拉拔到懂事後便被管家們接走，正式開始殺手的訓練。所以這些小弟弟、小妹妹們雖然費盡心血折磨家族，但隱約都有個畏懼大哥的本能，家族上上下下全被拆家燒屋過，唯獨那座冰冷的莊園始終如一。

不知道從什麼時候開始，這位冷漠嚴肅、面無表情的長子陸續收到手下們的報告，那是來自家族各處的哀號，每天至少兩、三件起跳，搞出的事件五花八門，只有想不到，沒有他們辦不到的，連大長老住處的屋頂都被捅出十幾個大洞，更別說還有好幾個人驚悚發現自己內臟消失或消失一半；不管直系旁系附屬全都苦不堪言，如果不知道他們是凶惡的殺手家族，還會以爲這是什麼遭虐的普通城鎮，毫無抵抗力。

畢竟這些少爺小姐全都擁有傳說級凶獸的血統，一般獸王族攔路還會被這些小不點碾過，雙方實力相差太大，敢怒不敢言，只能傳信給首領委屈哭唧，跪求首領把這些人禍收回家。

可惜獸王族向來信奉力量至上，尤其是殺手家族，打贏的才擁有話語權，於是首領對這些信的統一回覆是：「嗨起來打。」

當然首領這時還不知道他這個回信被幾個衰小的家族深深記恨了，造成日後大兒子決定要推翻他時，這些家族立刻站到長子後面支持，搖旗吶喊搥爆首領。

身在殺手家族，他並沒有什麼抵觸或喜好，掠奪性命也沒太多感覺，唯一會多留意幾眼的就是這幾個在莊園待過的弟弟妹妹們，大概是幾年下來收拾幼獸的爛攤子收習慣了，等他反應過來，手邊已經處理掉不少各家族報過來的血淚控訴。

大概是在首領那邊碰壁，他們只好死馬當活馬醫把訴求遞到長子這邊，沒想到竟然能收到溫馨的協助，以至於這些遭到別人弟弟妹妹攻擊的受害者一邊感到痛苦，又一邊感謝著幫他們收尾的大哥，心情十分複雜，最後決定把這份罪過通通歸到首領身上，畢竟人類不是有句話：養出有毒的小孩都是父母的問題。

後來副首領不長眼去挑戰其他高等獸王族被搥死時，首領原本想提拔自己的心腹上位，結果被本家旁系許多家族和勢力聯手起來，把他大兒子給推上位了，造成第一位副首領不是首領心腹、也不是開擂挑戰上位，而是壓倒性、相當人性化的民主投票方式擁戴上位的狀況。

與其要個和首領一樣擺爛的副首領，他們更需要負責任的副首領，至少還有個地方可以申訴受害事故與請求補償，對吧。

就算他們是耐打嗜血的獸王族，也是力量至上、高冷無情的殺手一族，他們還是很需要人道關懷啊！

長子本人倒是原先沒想要接這個位子，然而伴隨著下面弟弟妹妹們逐漸長大，爛攤子範圍的種類越來越多，他猛地發現沒有點權力地位似乎有些事情不好處理，若只是金錢方面他是沒問題，畢竟他早早組了一些愛好金銀錢財的獸族夥伴們打通各種門路，創造大量不在家族下、屬於他私人的產業，徹底實現財富自由，所以需要錢的都不算大事。

於是他在眾所盼望中光榮出任副首領，當然也引來不少人挑戰，想把他打下這個位子。

上任一年後，副首領本家住處、莊園與辦公處羅列了成千上萬的石雕，那些質疑和挑戰的步伐終於停止，就只剩外人偶爾會來刺殺，隨後同樣被併入石雕大軍裡，時不時還可以用來交換贖金，多了不少收入。

嗯，這些附加利益還算讓人滿意。

只是勢力擴張速度追不上弟弟妹妹們闖禍的速度和多元化的種類。

先犧牲的是小四。

不似殺手家族該有的溫和個性，雙手幾乎不沾血腥，平日只喜歡埋首在他那些塗鴉般的術法研究及學校的事務，偶爾會幫小三善後或是被小三拉著一起去惡作劇，給小五唸唸故事書或是帶他讀書，還經常幫小二摘取花園的花花草草，製作各式各樣的保養品。

縱使身負直系最強的戰力，卻異常地擁有溫柔的心。

羅耶伊亞家的現任首領與其說保守，不如說是相當討厭其他種族，甚至厭惡外族的事情沾染到家族裡，所以訂立且延續了很多規定，家族只收錢殺人，嚴禁與外來種族、勢力有太多交集，當然有很大一部分原因是要保護殺手一族，畢竟家族裡發生過太多因各種感情問題而被外族趁隙而入的禍端，許多都牽連甚廣，連首領以前都差點栽過。

而在這些密密麻麻的規定裡，有一條「本家的孩子必須以身作則，親自參與殺人任務」的規定，換句話說，就是手上必定都要有人命。

小四或許是遺傳了鳳凰族比較溫和的那部分，所以才會與殺手一族格格不入。

他與小二、小三費盡心力動用了很多關係，利用眾多珍寶買通許多人，好不容易讓首領點頭同意放小四這個最強直系戰力脫離家族，往後小四可以天高地遠地去追尋自己想要的生活。

然後小四就沒了。

即使與弟弟妹妹們關係不那麼親近、大家沒事也都會互相暗殺試探身手，他依然看得出來這對他們是個很大的打擊，雖然這種微薄的手足溫情放在殺手家族裡來看，略顯可笑，但他們還是很傷心，小三有很長一段時間不太回本家，小五也一直領任務往外跑，小二常常看著她的花園發呆。

這時他開始思考，副首領的位子其實並不夠使這些弟弟妹妹像以前一樣肆無忌憚地玩耍，他們可以活到現在，其實倚仗的還是本身的力量。

不，可能也不該這麼說，畢竟小四是他們兄弟姊妹裡最強的一員，但還是沒了。

除了力量，還需要後盾。

父親提供的是保護，在家族裡如果按父親的規定，只出手殺人、不理會及參與外界變化，足以讓他們好好度過漫長的一生，但他們只會永遠綁手綁腳。

後來小五進了學院，交到朋友，獄界方面開始頻頻出現動作。

小五參與了很多事情被父親逮回來，被父親與族老們連手關禁閉與說教。

其實在小四、小五之前，小三也進了公會，但小三向來不受控制，且有種連殺手都不敢隨意觸碰的古怪邪性，這種性格在小四走了後更加明顯，本來因爲到處挖內臟就已經人人走避，後來壓根是聽見他在哪裡，附近的人就會鳥獸散、到處躲藏，於是小三在外面的作爲直接被父親等人睜隻眼、閉隻眼，只要小三有按時執行家族任務，他在公會幹什麼大家就完全不理睬。

當然也有一部分是與小三母族有關聯，即使他們母親當時是斷絕關係才進入殺手家族。

小三表現出來的戰力與醫療能力很強，因擁有鳳凰族血統，嶄露出天賦與力量後無可避免地收到鳳凰族族長的邀請，讓小三轉入醫療班。

只是這份特殊並不能沿用到小五身上。

畢竟小五沒有鳳凰族血脈，而且某方面來說，小五其實比小三可控，他不排斥家族任務，相反地還很喜歡，所以父親更看重小五，自然不允許小五與外族越走越近，還頻頻貢獻自己力量去幫忙。

後來陸續又發生不少事，小五與父親的衝突隨之增多，直到他口裡那好兄弟的身分曝光，隱藏在暗處的妖師一族再度被放到檯面上，引發海嘯般的波瀾。

說實話，其實地下世界大多不意外妖師一族還存在，而且活得不錯，畢竟殺手們與陽光下的世界情報來源管道不同，一直都有耳聞妖師的事蹟，藏於檯面下的妖師一族有許多需要用到黑市的地方，雖不暴露身分，但雙方交易時的猜測、默契還是有，更別說他們的懸賞時不時都掛在高榜上，幾乎沒有被撤下來過。

後來打破這個狀況的，是小五動用了家族特權，禁止家族旗下與同盟的殺手追殺妖師一行，此舉同樣引起首領與一些人強烈的不滿。

但他的能力，也終於成長到了可以執行計畫的程度。

※

「推翻父親吧。」

「噗！」

驀然聽到這個結論的九瀾一口茶直接噴出來，這位走過路過就挖人內臟不眨眼的雙袍級醫療班罕見失態，但聽到沉穩大哥的結論後，還是被溫熱的茶水嗆得不斷咳嗽，連過長的劉海都受害變成濕漉漉一片。

鬼知道他今天其實是回來領個包裹，託大哥弄到的罕見魔族屍體終於抵達，不知道苦等多久的他興沖沖趕回來，結果成爲第一個聽見大哥驚人計畫的人。

推翻首領不稀奇，羅耶伊亞家族的歷史塞滿了推翻首領的爭鬥事件，各代首領死的數量加起來都可以堆砌成山。畢竟他們是力量爲尊的種族，所以打倒家主取而代之、展現強悍力量讓族人服從什麼的，最正常不過，大家也很喜歡這種模式。

但是！大哥一直都很穩妥地在處理各種事務，就算當年是被眾人齊心協力地推上副首領寶座，他也是勤懇認眞地輔佐父親，他們從來沒見過大哥對父親有什麼很大的不滿，就算是當年六羅的事情，大哥都是找滿後援據理力爭，硬是說服首領，而不是直接讓首領石化或一拳打得首領找不到天南地北，所以這麼嚴肅的大哥提出這件事才顯得奇怪。

要不是他身爲醫療班可以確定這位是大哥本人無誤，他還眞的會懷疑是不是有被換過。

「事事都要報備，太麻煩了。」

大哥沉思片刻，給出另外一個理由。然而並沒有比較好，九瀾覺得自己還是超級吃驚，而且認爲這吃驚不能只有驚到他，應該把二、四、五那三個悠哉的傢伙都拖回來，讓他們也好好嚇一跳才行。

這兩年老四在沉默森林的妖魔地被發現後，他們又重新有了些許聯繫，雖然已經沒有辦法回到家族裡，不過九瀾看得出來這位長年面無表情的大哥還是挺高興的，如果不是種種顧慮，恐怕大哥很想把老四接回來小住，不論他是死是活。

「上次小五只找你幫忙。」

九瀾一聽，喔齁，發現大哥的不滿點在哪裡了。

西瑞那個臭小子從小就很怕大哥，可能是出生那時候被丟到大哥的莊園沒少被揍過屁股，所以懂事後潛意識一直覺得大哥可怕，加上從小大家就有年齡差，與其說是兄弟的距離，不如說比較像是長輩的距離；導致後來臭小子做事情不是找老四就是找他，壓根沒把他們大哥列入求助的對象。

畢竟幹壞事時誰會想要去找個長輩幫忙。

看著大哥依舊擺出一張八百年不變的千年寒冰臉，九瀾悄悄在心中有點幸災樂禍，不過身爲也對老大有點畏懼的一員，他略咳了兩聲，一臉正色道：「大概是因爲我也認識妖師那小孩吧，所以老五才會來找我幫忙。」而且他還因爲這樣拿到臭小鬼的屍體承諾了呢咯咯咯咯，人生果然幸福，只要活久什麼都有可能，不過如果可以拿到老大的全屍就更好了，他一直很想挖出老大的眼睛好好珍藏，順便研究是否還能保有石化功能。

老大並沒有在這件事上繼續追究，也不知道弟弟正在規劃他死後眼睛的去處，而是回到原本的話題。「五擂挑戰，你們全都有一份。」

正要喝茶的九瀾煞住動作，幸好茶水還沒入口，不然又得噴一次，他剛剛被噴水的前劉海都還沒乾。

五擂挑戰其實就等於對高位者進行挑戰，然後取代地位的進化版，不過這次是一口氣挑戰首領的五名主事心腹與旗下所有人手，只要守到最後的擂台數過半，首領就必須強制接受挑戰，輸了就是改朝換代。

當然五擂挑戰勝利者就會成爲該職位主事，所以正常都會選擇手下最強的心腹大將，這也是很直接把實力展露在所有族人面前，一口氣獲得認可的最佳機會。

九瀾沒想到大哥居然做出這種決定後，又做出另一個更讓人噴茶的選擇。「你生病了嗎？」他突然想到好像很久沒看過大哥睡覺了，所以是忙到腦袋壞掉？從奇怪的地方宣洩情緒？

要知道平常看起來最冷靜的人憋久了就會變成爆破世界的那顆炸彈，他們大哥從小憋到大，整顆炸開時說不定可以把本家一起夷平。

「小三，既然你們選擇自由世界，爲了朋友而出手。」沉穩的大哥並沒有嘲笑三弟難得一見的錯愕，只是淡淡地開口——

「那麼這就是你們的責任。」

※

「啥？大爺不幹。」

聽見來自家族、應該說老三的消息，西瑞第一時間立刻拒絕，並對著信使大聲說：「那五個位子都是屬於臭老大的，給我們沒屁用！叫臭老大好好安排人手啦！」

接著把信使扔出窗，倒楣的信使匆促逃逸。

「卑鄙的殺手又想做壞事了。」機器人站在一邊，發出同仇敵愾的話語。

「對，臭老大又在打歪主意，竟然要我們去打五擂，簡直秀逗了。」沒想到老大居然會做出這種決定，他覺得對方一定是前陣子刺殺臭老頭沒有成功而遭到打擊，所以才決定一不做、二不休，直接推翻。就像電視上都會演的那種戲，殺不死你我就奪走你的龍位和權力，拿你的精神寄託與一輩子的希望狠狠折磨你。

想起那張讓人退避三舍的冷臉和嚴肅個性，西瑞嘖了聲。

他是覺得臭老大總有一天一定會篡位的，畢竟他每次家族比試不是選擇殺臭老頭就是殺長老，臭老頭先按下不說，長老都殺三個了，所以臭老頭遲早也會被搞掉。

雖然他是覺得有點奇怪，老大每次挑的長老掛了之後都會被查出一堆奇怪的醜聞和反叛家族的證據，結果被族內廣爲宣傳是罪有應得、殺得好之類的，因此老大挑戰完都會收割一波名聲，簡直神奇。

所以果然臭老頭哪裡有問題吧！一定是出軌吧！不然老大一直挑戰臭老頭幹嘛！

他們大哥不是那種特愛打架的類型，也沒有很執著要幹掉誰，通常挑釁他的人都在第一時間變成石頭，因此不太會有重複在同個目標浪費時間的機會，唯一多次動手的對象就是他們老子，按照劇本走向，臭老頭肯定有鬼！

以此推論，篡位就是早晚的事情，唯一沒想到的是老大竟然要他們幾個兄弟姊妹去挑戰五播，而不是他自己培養的人才。

想來想去，八成是老大最近沒有休息所以腦子燒壞了吧，每次返回主家聽到的都是臭老大還在工作，路過副首領的辦公室也看到他在工作，好像有記憶以來就沒看過他躺在床上閉眼睡覺的模樣……眞讓人毛骨悚然，難怪他會一直認爲老大有點可怕，這種工作強度別說是獸王族，可能連精靈族都受不了。

眞擔心老大的肝功能。

環著手臂在屋內走來走去，西瑞一回頭差點踢到跟著他繞來繞去的機器人。「不行，大爺要先跑路。」先不說五播，家族試煉那些迎接外族和旁系的公關活動也很麻煩，往年臭老大都會把他們拖出來接待客人，打架方面是很有趣，但還會來一堆雌性與囉嗦的傢伙在那邊問東問西就很麻煩，所以最好早點避開。

怎麼躲比較好呢？

除了試煉前準備的時間，果然還是得避開五擂最後三天，這樣老大就會心甘情願地把心腹都派上去吧。

不過事情沒有想像中那麼容易。

雖然想著躲開點就好，然而在一連串事件裡還是蹦出各式各樣出乎意料的結局，包括那個小任務變成大事件，還有他的暗殺傭金等級與事實不符、家族發派任務處明顯出現巨大瑕疵等等，不得不回本家一趟。

爲了不引來老大的注意，他悄悄找上老二，畢竟老二知道的事情也不少，老二了解後自然會告知老大並去解決出包的問題和出包的人。

算盤是這麼打的，但一出門就遇到他們大哥，表情與視線都冰冰冷冷的，活像投資失敗一樣；於是他們直接面對壓力，小二根本沒有姊弟情地秒把他賣掉，很快地，任務出大包的事被老大接手，老大甚至還派老二去調查生命之石的記錄，當然全程隱瞞家族，只有他們知道。

其實找老大眞的比較快，但麻煩也很多，因爲老大會追根究柢啊！整個任務都得交代清楚不說，還要把其他參與的人、發生的細節都招出來，這就算了，反正西瑞對自家大哥守口如瓶的程度還是很放心，不過要說出後面追來的公會隊伍就有點過分了。

他堂堂一個江湖霸主怎麼可能會把那支隊伍有什麼鬼東西記得清清楚楚，知道帶隊的黑袍是誰就很不錯了好不好！反正大部分都沒有他強，看起來就都差不多。

幸好交出黑袍名字就過關了。

「那大爺先回去啦！大爺的小弟和小弟的朋友需要大爺的愛心餐。」西瑞揮揮手，準備不帶走一片雲彩。

「最後三天回來。」

溫度極低的嗓音從背後傳來，打算跑路的人腳步一頓，發現果然還是逃不過，只好回過頭齜牙：「不幹！大爺不要那個位子，大爺金刀一孤狼，這輩子沒有人可以在大爺身邊奔跑！」

已經習慣小弟獨樹一格的說話方式，面無表情的副首領毫不在意地回答：「回去好好想想，這是你的責任。」

「大爺一人做事一人當，大不了脫離家族。」西瑞聳聳肩，想想還是有點放低姿態地勸說：「不是我要說，臭老大你打算空著老四的位子吧，但你大可不必，本大爺和老三、老四都沒想過要這些虛位，你讓你的心腹上，推倒老頭最重要的是你自己的勢力，大爺就算沒掛名也站在你那邊，你想大爺打誰大爺就幫你打誰。」

副首領搖搖頭。「四日戰爭你只找小三幫忙。」

「嗄？因為老三也認識漾啊。」西瑞歪頭滿臉疑惑，關於他小弟的事老三出力滿多的，又不是只有那次，應該說老三自己對他的結義兄弟有興趣，玩得也很開心。話說完，他看著大哥一張嚴肅的臉好像陷入某種思考，他就更疑惑了。本家毛病很多，臭老頭和一堆臭老頭都想把他關起來，他腦袋噴了才會回來找家族的人，當然找老三比較快，看看老三多上道，現在有相關的情報都會給他一份。

西瑞搞不懂老大的問題點，也搞不懂老二那張自詡貌美如花的臉為啥一直在那邊眨眼，活像眼抽筋。

反正老大沒有攔著他，他就二度揮揮手。「走啦！」

※

之後，發生了異靈襲擊醫療班與狩人部族的事件。

此時，副首領也正發起針對首領及手下五名領頭者的挑戰。

第一天他就把數名挑戰者連同觀眾直接製成石像留在原地，接著便沒有人敢上台了，這些年他逼近首領、越過長老的實力還是被許多人深深忌憚，於是一擂很大機率已經被對方直接放棄，這就很方便他繼續處理各種事務，平日的工作完全不受影響，包括調查家族任務發派處的異狀與生命之石的情報。

「臭小子，你很悠哉啊。」

要被推翻的首領很無言地看著長子一如往常衣冠楚楚地在辦公室裡翻公文，好像五擂挑戰一點也沒對他造成影響，那悠閒的神情怎麼看都很氣人！

好歹像老二一樣留在台上啊！就算有心把位子給這小傢伙，這麼藐視的態度就很討厭！喔對，那個西裝領帶看起來也很煩人，好好一個獸王族穿成這樣幹嘛！一點都不奔放！

不過發起五擂是好事，讓所有族人都知道他長子是個敢挑戰老子的好傢伙，擺在獸王族裡他這老子也臉上有光，有個實力強又有機會超越老子的小孩，沒有幾家這麼厲害！以後沒他這種強度的都不敢隨便搞他兒子。

「我不認爲發起挑戰就要讓所有工作停擺。」睨了眼跑來這裡摸魚打混的首領，青年將簽好的文件疊到左邊，然後再從右邊取下待處理的文件。「您也該如此，父親。」

「喔～沒事，反正被推翻後那些就變成你的工作了，老子幹嘛要想不開去瞎忙。」殺手首領露出不懷好意的笑，笨蛋才會把時間浪費在這些事務上。

「……」不得不說，這話講得還眞沒錯。

「不過你老在幫那幾個臭小子收拾爛攤子，要收到什麼時候。」首領非常自動地翻出辦公室裡的茶水和茶點，一屁股坐到沙發上享用。

「請好好想想，如果不是因爲您過度頑固，很多事情都可以避免。」青年冷淡地開口：「當年是，現在也是，爛攤子很多您也有一份。」

首領頓時覺得手裡的茶點失去一半美味。「老四的事情你們眞的記恨很久。」四子明明身爲殺手家族卻有著不及格的溫和性格，他這做老子的光看都覺得生氣。

生在這裡，本來就要接受隨時都會死亡的事，像他兄弟姊妹還不是死的死、殘的殘，一成爲敵人就算是夫妻親子也會往死裡打，不夠強的獸王族被淘汰本就天經地義，這對他們來說稀鬆平常；只有他這群接觸外族教育的渾蛋小子們滿腦子兄友弟恭，他們這些長輩看來都覺得個個突變。一開始，老三和老五的情況還勉勉強強可以接受，然而這兩個小混帳後來又和外族糾纏不清，一個個都往外跑就很讓人火大。

這次老大發起挑戰，他其實還是很開心的，但看到是要他們兄弟姊妹上場他就又很糾結。小鬼們強到可以挑戰領頭者他覺得很爽，不過一想到這些小鬼還在那裡上演手足親情，他就覺得很胃痛。

弱點，通通都是弱點！

他就沒個完美的強大孩子，能夠以下屠上眼也不眨，順便再把弱小的手足和周邊人都排除掉就更好了。

停下手邊閱覽文件的動作，青年看著大口咬著點心的首領，「或許以前您的做法還行得通，畢竟是各種族畫地自治的年代，但是……」他看著文件上讓人怵目驚心的文字與數據，這是近日來各地與邪惡勢力衝突的回報，在這個殺手家族之外，四處頻頻出現襲擊與侵蝕。「如果您不考慮投靠黑暗同盟或異靈之類的勢力，這就已經不是羅耶伊亞家族自己的事了。」

總有一天，邪惡勢力會踏上他們的地盤，黑暗與死亡席捲大地的時候，並不是關上門就能徹底隔絕。

「放屁，老子不須要投靠那些垃圾玩意！」首領低吼罵道。

獸王族自尊心極高，地盤領域性也強，即使是出任公會扶傷救死的鳳凰族也不容被侵犯，這是他們與生俱來的驕傲。

投靠或服從異族什麼的，只有弱小又沒用的傢伙才幹這種事。

「地下世界的界線遲早會模糊，很快我們與其他種族都會迎來必須互助的時刻。」看著露出極度不同意神色的首領，青年心中緩緩嘆了口氣。「您的信念與做法，我不會說過時，但殺手一族在這個時代很難獨善其身。您不能做的，我來做，還有您確實很礙事，有您在上位，做事太不方便了。」

他每次都得往上呈報很麻煩，所有文件都要製作給上級很浪費時間，他計算過，如果把首領推下位，以後不用再向上報告、等同意，以及額外開會什麼的，至少可以省去四成的時間，可以更快速推進很多事。

「……」被當面嫌礙事，即使剛剛內心還有點誇讚長子，首領還是想直接把這小鬼拍死在這裡。

首領忿忿地把茶點吃完，決定去找老婆們，不想看到這些欠揍的小鬼們。

不知道是副首領對於局勢看得很清，抑或是有張烏鴉嘴，他們父子談完沒多久，大批鬼族和異靈就入侵了。

羅耶伊亞家族漫長的歷史裡並不是沒被鬼族入侵過，應該說他們一個古老的殺手家族原本就惡名昭彰，什麼勢力和妖魔鬼怪都來討伐過，區區一個鬼族大軍還不算什麼。

重點是那個人見人嫌的異靈。

不只外族，獸王族也很討厭那東西，可能是被創世者刻下基因密碼，他們打從骨子裡對這東西有天然的排斥與嫌惡，靈魂深處都有著消滅異靈的本能。

所以族長其實隱隱知道，長子說的互助共存時代並不是在開玩笑，而是異靈一旦崛起，所有種族勢必都要走向聯合，即使是殺手家族也不例外。

只是這就和他的做法相斥，這時候，新首領的崛起與重改規定就變成必然，舊首領不能推翻自己嚴守幾百年的規定，新首領能；只要新首領強到可以鎮壓所有族人，那麼追隨強者的羅耶伊亞家族就會臣服新規定，哪怕新首領要帶著全族投向異靈也是。

抱持著這個想法，首領在五擂被臭小子們壓倒性地全取下後，暴揍了一頓長子。

當然，他自己也被暴揍一頓，臭小子這些年來果然裝弱藏手了。

一點都不可愛。

※

新任首領就任，將會在試煉大會與慶典等所有活動結束後的良辰吉日舉辦。

原本是要擇近日的，但後來副首領想了想，決定不能過於便宜那個想要帶老婆去環遊世界的首領，尋了幾個理由把時間後推，至少把首領押著當吉祥物，送走所有家族後再說。

反正絕對不是這兩日，他刻意留著部分傷勢慢慢治療，就是要拖延時間讓父親好好盡一盡首領卸任前最後的義務。

慶典開始舉行的深夜時刻，青年半坐在床上，披著外套繼續修改手邊的報告，把族長搞下台的後續還有很多爛攤子要收拾，他大半的得意手下都還在外面奔波，力求把這次改朝換代的影響壓到最低，以及更快速地推行新的規定。

在寂靜的午夜時分，他停下筆，看向陽台處。

「請進。」

踏著夜色而來的訪客，不管擺在哪個地方都可以稱得上是重量級，他這個殺手一族副首領的地位都還沒有他們高。

「打擾了。」提著紙盒的妖師首領走過主人撤下防禦結界的陽台門，客氣微笑著，絲毫不像傳說中凶殘嗜血的黑色種族領頭者。

隨後是翩然飛舞的黑色小蝶，輕輕巧巧地進入房間，在窗邊金獅雕塑的翅膀端停下，這借體模樣很難聯想到是獄界勢力的王者。

最後進入的是一身漆黑的羽族祭司，因爲不是需要用權杖的場合，所以他是空手而來，雖然與另兩位首領級相比只是個來自過去的大祭司，但逐漸恢復的力量不容小覷。

青年知道在本家外圍的戰場上出現了其中兩人，也知道有人把幻武放出來混水摸魚在戰場上吸收邪惡力量和血腥氣息。

然而妖師首領會來拜訪還是出乎他的意料之外。

「其實應該要更正式地拜訪，請原諒我的失禮。」妖師首領微微笑著，在這位殺手家族的副首領點頭下移來了桌椅，熟練地擺出帶來的紙盒點心，順便借用茶具泡上好茶。「畢竟冥漾一直受到你們兄弟的照顧，早該好好向你們答謝。」

「彼此，西瑞也受到照顧，該是我去拜訪妖師一族。」青年拉攏外套，雖然穿這樣不夠禮貌，不過這幾位顯然並不在意，他下床在妖師推來的椅子上坐下。擺出的各式點心意外地精緻好看，還散發出誘人的香氣，饒是青年並不追求美食也有點被吸引。

雖然他們聚集在一起必定有正事，但幾人很有默契地沒有馬上進入嚴肅話題，而是輕輕鬆鬆地用起茶點，閒談起來。

「你眞是辛苦。」一開始被擄來的羽族大祭司把一塊牛奶糕塞進面紗裡，細嚼慢嚥也不影響他傳遞聲音給其他人。「幫小孩子們鋪路。」

「副首領確實是位很盡責的兄長。」妖師首領自從弟弟與小殺手同班有牽扯後，用了很多方式調查羅耶伊亞家族，所以對於他們兄弟姊妹的事情還算打聽到不少。

五擂的事情，他們幾個兄弟以爲只是大哥要把位子按給他們，但換位思考，其實可以猜得出這位大哥是在支持他們，尤其是最小弟弟的選擇。

從一般角度看，五個領頭部門確實應該由首領心腹掌控。然而由兄長的角度看，他的弟弟選擇要與外族共進退，未來有很大機率要捲入種族戰，他們就有必要在家族裡取得後盾……這五個領頭就是大哥要給他們的後盾和底氣。

治理交由心腹，但頭銜與最終動用權力必須要交給他們，特別是最小那個。

「這是最好的方式。」很習慣走在弟弟妹妹們後面收拾爛攤子，收著收著，青年最終得到的結論是必須推翻首領、訂下新規則，爲了之後弟弟妹妹把世界毀滅而做準備。

讓他們接下五大部門頭領不是單純在族內有地位，最主要是他們現在接觸外族，不論是進入公會成爲鳳凰族左右手、插手很多大小戰役的小三也好，與妖師一族的小孩稱兄道弟、與世界爲敵的小五也好，只要他們有了想保護與同行的人，成爲頭領就是他們的責任。

有很多事情，不是簡單一句「獨身走江湖」就可以處理。

就像四日戰爭小五只能找上小三幫忙而不是整個家族一樣。

既然他們有了弱點，給出了某些承諾，他們就必須要把握住該有的權勢與後盾來回應這些選擇。

下一次的「四日戰爭」，小五可以調動戰士部隊，身爲五大領頭人之一，還可以要求其他四位頭領的資源幫助。

他想要與妖師的小孩一起對抗整個世界，他就要有為朋友分擔更多威脅的意識與責任。

小三、小四也是一樣，他們有了自己要走的路，就要有更多底牌來支持這些，他們已經到了不該是孤身作戰的階段了。

他們需要明正言順的家族資源，還有參與世界變動的資本。

「你們對小輩都差不多。」小黑蝶緩慢地張合翅膀，視線看著桌上有些熟悉的精靈點心。「不過很可能，『鑰匙』最終要由他們來尋找，不管如何，踏入歷史者，都不能抽身了。」

「畢竟異靈頻頻現世……」羽族祭司用手指在空中畫了一個銀色的小圓，上面旋轉出幾個座標與術法紋路。「我隱隱約約感覺到，孤島再次出現於世人面前，也是因為我們即將成為轉動軌跡的一員。」

推動歷史的人，通常很難預卜相關的大事件。

「時間很可能不夠，過於匆促。」殺手副首領眼神有些微黯，「不知道他們還有多少時間成長。」

「儘可能拖延吧，妖師一族目前也在各地協助聯盟壓制邪惡帶來的暴亂。」妖師首領從四日戰爭後帶領族人走到檯面上，至今不少種族都已習慣他們的存在，締結了相當不錯的合作進度，這些聯手也讓激進的白色獵殺隊有所顧忌，暫緩出手。

「這就是我們的責任了。」對於孤島最後的遭遇，羽族還是無法放下，即使記憶被破壞得一團凌亂，但那種深深的遺憾與傷痛是怎樣都難以抹平，他很不希望再一次見到那些亡靈的哭嚎。「雲海島將一起共進退。」

「雖然不是正式的拜訪，不過很高興我們的理念相同。」小黑蝶緩慢飛到一直放置在桌面上的第四個杯子邊緣。「我們等你，未來的首領。」

「敬合作。」

四個杯子碰撞在一起，發出雖不悅耳但令人舒心的聲響。

這天晚上，羅耶伊亞家族即將上位的新任首領加入了與外族攜手合作的共同聯盟。

未來的某段日子裡，他們將發現這天晚上的決定，其實具備了在歷史軌跡上更進一步的真正意義。

但，那也是之後的事了。

「那麼，我們現在來談談合作內容吧。」

〈責任〉完

特殊傳說III
THE UNIQUE LEGEND

甜味

冰淇淋初體驗完成

腳本／護玄
繪／紅麟

國家圖書館出版品預行編目資料

特殊傳說.III／護玄 著.
——初版.——台北市：蓋亞文化，2022.06
冊；公分.

ISBN 978-986-319-665-5（第五冊：平裝）

863.57　　111006644

悅讀館　RE395

vol. 05

作　　者　護玄
插　　畫　紅麟
封面設計　莊謹銘
主　　編　黃致雲
總 編 輯　沈育如
發 行 人　陳常智
出 版 社　蓋亞文化有限公司
地址：台北市103承德路二段75巷35號1樓
電話：02-2558-5438　　傳真：02-2558-5439
電子信箱：gaea@gaeabooks.com.tw
投稿信箱：editor@gaeabooks.com.tw
郵撥帳號　19769541　戶名：蓋亞文化有限公司
法律顧問　宇達經貿法律事務所
總 經 銷　聯合發行股份有限公司
地址：新北市新店區寶橋路二三五巷六弄六號二樓
電話：02-2917-8022　　傳真：02-2915-6275
港澳地區　一代匯集
地址：九龍旺角塘尾道64號龍駒企業大廈10樓B&D室
電話：+852-2783-8102　　傳真：+852-2396-0050
初版一刷　2022年06月
定　　價　新台幣 270 元
Published and printed in Taiwan

ISBN 978-986-319-665-5

Gaea

Gaea